唯有相爱可抵岁月漫长

简媜 著

中国友谊出版公司

世间有许多事不能勉强,

思念是其中之一。

任何人不欠我半分，

我不负任何人一毫，

只有心甘情愿的责任，

见义而为的成全。

让懂的人懂， 让不懂的人不懂；
让世界是世界， 我甘心是我的茧。

你若问我,走的是哪条路?

我说,是哭过能笑,记时能忘, 醒后能醉的那条小径。

在美面前，任何人都无话可说，
唯有一步步朝圣。

把微笑还给昨天,
把孤单还给自己。

不快乐是天生的、一种很昂贵的天赋,
可以用来侦测爱情的纯度。

一世总要坚定地守住一个承诺，
一生总要勇敢地唾弃一个江湖。

生命中有些时刻是无法归类的,最好也不要归类,
以免破坏那份自由、微喜。

目·录

壹
四季走失

行经红尘 002

莲众 005

行住坐卧 009

人在行云里 011

四季走失 017

破灭与完成 025

美丽的茧 029

迷走他日 034

上班族之梦 049

忧郁对话 051

贰
牵着时间去散步

醒石　054

天阶月色凉如水　064

叶落了　069

牵着时间去散步　075

梦游书　083

白雪茶树　096

雪夜柴屋　101

路在掌中　104

榕树的早晨　106

寂寞像一只蚊子　112

风中的白杨树　119

红尘亲切

红尘亲切 124

渔父 134

水月 155

晕眩的风景 161

姐妹情深 167

在我发间纠缠的思念 179

妈妈手掌股份有限公司 187

白发 198

处方笺 203

寂寞的冰箱 206

肆

相忘于江湖

镜花 216

浮尘野马 220

解发夫妻 225

相忘于江湖 240

情绳 245

水经 248

水经注 257

疑心病者 260

女作家的爱情观 264

心动就是美 267

壹

四季走失

如果，有醒不了的梦，我一定去做；
如果，有走不完的路，我一定去走；
如果，有变不了的爱，我一定去求。

行经红尘

一醒开眼,原来已离了浓咖啡也似的台北烟波。

顿然,碧空纵来一匹扬鬣飞蹄的雪驹朝我奔驰!这一惊不小!赶忙倐坐探眼,一眨,可把眼睛眨清了,眼界霎时缩小,原来只不过是,南台湾某一个下午的堆云!

坐正之后,才看清人还在文明的跑道上逐流——逐的是车之水,那溯游的是波,溯洄的是浪,歧出的是漩涡。而我,一个背负行囊的我,在这澎湃之中,要何等萍踪?

醒后,再怎样深锁的记忆也都是马蹄尘、车后烟!我,一个背负未来之行囊的我,该如何行经这波涛也似的人生?如何?

要不要纵身如蒙昧的急湍，一头去撞礁石，飞碎成为散沫？

要不要胆怯就像款摆的水草，再如何的游姿都尽是原地的青春？

或者，算只是玩世不恭的寄萍，一路落花有意、流水无心！终究是弦断曲残的歌者身世，如此只如此。

……

再探眼碧空的时候，眼界的边缘驰来雪驹的飞蹄，我仿佛听到仰天的长啸，对我作无上的邀请！

若雪驹只是堆云幻象，我，亦不过是万丈红尘中的泥沤身躯！那么，何妨它褪去山脉辔头，我解下一波九折的淋漓尘波，共邀共游？

如此一路行经，又何妨？

再一睁眼，眼前是山林掩映的小径，仿佛有叶飞声？有蝉嘶？已经向晚了，暮风催人倦，不知道佛光山寺还有多远？真是不知！

蓦然行至石阶，正欲举步，迎面有师父而来，就姑且问个路，却闻道："你们自何方来？"

自何方来？！这话这么心惊，我想起一路行经了许久，那雪驹云蹄呢？那水波萍迹呢？……一时心里害怕，因为不知道自何方来？

错身而过了，才猛然想起还未回答他，一回头正欲说：宜兰，

四季走失

宜兰来的,却又心酸。不是的,不是的,明明知道不是这个回答!

未入山门身是客,随云随波随泥沤;

甫入山门身是谁?问天问地问乾坤。

一样的日月,却异般心情,我心愿是一个无面目的人,来此问清自己的面目。

能不能识得佛光山的真面目,我不敢说了,但真的在随思随喜,只缘身在此山中。

莲众

早晨，闲步宝桥过，有晨雾渺渺，有竹风徐徐，有莲韵隐隐，有水声潺潺！

宝桥，架起这边儿的清风，那边儿的朗月，架起天上的云影，水中的莲姿，我，合四方而立。

就如此步入一个清净境界，与莲独对。

许多时候，有一种特殊的属于自然的特质，在深深追寻我，让我于晨光月影之中，感受到那个本然的自我，仿佛正破过许多尘埃泥垢的沉积，正深深地在对我微笑，对大地微笑；从这样的晨光花影中回醒时，再凝眸望芸芸众生，总是通身升起一个心愿，愿将自己凝聚成一道甘泉，向人间尘土奔洒而去。

是不是莲华也有无限心愿，不只欲渡晨夜，更希望托掌如宝筏，渡一双双泪干过的眼，到那清凉的浓荫彼岸！

我心悦于这样的宁谧，便深深走入莲华的世界。

从佛本行集经卷三的扉页落下七茎优钵罗华之后，云童子仿佛也来到宝桥，跂足探桥下绿水，只有一圈一圈的圆叶随波，翻姿成半，去口已不见一朵朵托水而憩的莲。宝桥的那端，走来了一位清秀的青衣婢子，原来是贤者，手中正捧着七朵莲华，与一只陶瓶，要到桥下取水，好一阵清香而来，及她款款的莲步！云童子眼睛一亮，上前有礼趋请，那贤者出语清脆：

"自然是要供养燃灯世尊的啊！"

云童子请求着："姐姐，我这儿恰有五百钱，我跑累了整座城整片林子池塘，也找不到一枝莲！姐姐，您愿不愿成全我，舍给我五茎莲华？"

青衣婢子低头俯视手中的莲，犹有睡露点点，一缕清香幽幽，她问道："这位童子，您买莲华，要做些什么啊？"

云童子躬身一揖："姐姐，我今日就实在向您说了：如来出世，难见难逢，我听闻燃灯世尊要来这莲华城说法教化，心里无限欢喜，便想买莲华恭敬供养，种诸善根，为未来世求成无上正等正觉！姐姐，您可愿成全我供佛的心？"

贤者连忙回礼，缓缓地说："我观您，内心智慧，外貌威仪，如此勇壮刚强，又有一片爱法精进的诚心，您一定会得成无上正等正觉的！您可愿意许我一个请求？"

云童子关切地问："姐姐，您请吩咐！"

贤者的脸上泛起了一酡微红，但她的眸子闪烁着更晶莹的光芒："您可愿意许我，在您未得圣道之前，生生世世，做您的妻子……若您得道，我亦剃度出家，做您的弟子。若您许我，这五茎莲华，便亲手与您！"

云童子迟迟接扶那捧花的手，一脸怜惜："姐姐，我今发愿求于菩提，乃为了救济一切众生；若有人来索我的妻子，我亦应布施。您若一心爱恋着我，那么我为众生割舍的心愿便不成了，您能在那时，不阻难我的布施？"

贤者礼拜而答："若有人，来向您乞求我的身命，我也不生悭贪之心，又何况男女及财物？"

云童子俯身扶起："如是！如是！来生来世，您生生世世都是我的妻！"

云童子持受五茎莲华，与她相对无言，便欲告别。贤者又将手中的莲华，递送到他手上："这两茎，让我布施给您，一枝是您，一枝是我，同作未来因缘！"

……

合卷！空荡荡的宝桥上，已走过几世几劫的因缘？日已在竹梢，釅红如醉，是不是也为甫时的一席话感动？

我俯身而探，好一池塘莲华大醒，雪白的粉红的，却不知哪五茎是"生生世世为我妻子"，哪两茎又是"同作未来因缘"。

只知，醒着的一朵朵，好似一桩桩的无限心愿！

行住坐卧

　　我常想：理在何处？在浩繁的经卷里，我们噬到老一如书蠹？或是在春风秋雨里，我们一吸一呼都是篇幅？还是在升斗小民、邻里老妪身上，举手投足，自有道理门派？

　　理在何处？

　　至少，在佛光山上，我想：理字遍满虚空，却又历尽人事。

　　从托钵拾箸开始，理在一饭一粥。

　　从着衣穿鞋开始，理在言行容止。

　　在这里，没有所谓"上课""下课""放假""休假"，唯有不把"理"字当成课堂学问、腹笥珍藏，理才能活泼泼地濡沐众生，举手投足，法华生香。

刚来山上，总惊于师父们的行止从容，不疾不徐。尤其那次黄昏，遥见依日法师阔笠、僧袋，一袭长衫微褐而过时，更令我惊觉：芸芸众生之中，错身而过者何止千万，怎不见一人如他？宛若秋风游移，又不见一叶飘落！一步一履，端的是止水之风。

因而，我开始体会：寺院中所谓"行、住、坐、卧"，不只是恪守的规矩，更是生活的实践；无一不是出自衷心。发而为行，行如止水之风；为住，住是苍翠古松；为坐，坐如暮鼓晨钟；为卧，卧似无箭之弓。

也许，正因为师父们喻理于生活的境界，才更让我汗颜吧！自己读圣贤之书所学何事，有时仍不免以蝼蚁为戏，置之于死。比诸依空法师窗下展卷，目遇书蠹，犹能一掌托起，窗前轻呼送行，我纵是学富五车，也抵不过他理字一身了！

人在行云里

第一次见到梅觉,是七月的一个晚上。

那时,晚寝的鼓声已止,钟的单音扩散于山间谷坳,引起了蛙之鼓及夏虫唧唧。

南台湾的夏夜好像另有一个太阳似的。人躺在木板床上,只敢侧着睡,深怕一平躺下去,压破毛细孔里藏着的热精灵,汩汩地出一背的汗水。一支电风扇摇头晃耳地为三四个人驱热,偶尔脚底板分得一丝凉,才能沉沉地渐梦。

蒙眬中,有人推门而入,似乎睡在秀美旁边的木床上。我想起,这支电扇本来是较靠近她的,后来趁她们去晚课时,我与秀美将

电扇移近了我们这边,这样电扇会多"看"我们几眼,但不知她那头有没有吹到?我转个身朝她那儿小声问:

"喂!你有没有吹到啊?"

她醒觉到我在问她,也小声答来:

"有啊!有啊!"很厚重的声音。

我又问:"要不要移过去一点,吹得到吗?"

"没关思(系)!没关思(系)!我不热啊!"不太标准的口音。

秀美也未入睡,她是个很容易与人熟稔的女孩,也偷偷问她:

"你从哪里来啊?怎么你讲的话跟我们不太一样?"

"加拿——大!"

我们都很新鲜,睡意少了一分,这屋子里竟有舶来品!

"你叫什么名字?"秀美问。

"梅——觉啊!"她的"jue"音发得很好玩,嘴巴一定嘟得老高!

"啊!好好听的名字!"我说,嘴唇上虚念了几次她的名字,突然有一种顽皮的联想,本来是不应该说的,可是心里憋不住好笑,便"嘻嘻"两声向秀美偷说:

"有点像'没知没觉'的'没觉'……"

秀美"哈哈"两声向她说了:

"'梅觉'的意思,就是'没知没觉'……"

她听了，一点也不愠，"嘻嘻哈哈……"乐了一会儿，自顾自说："对！对！"然后，我们三个人同时"嘘"，睡觉了，一室寂然。但我脑子里低回着她的名字及加拿大，从那么遥远的寒冷的地方来的女孩，她不怕热吗？决定天亮的时候，把电风扇移过去一点。

　　次日醒时，她们都已经做早课去了，只有我与秀美还"懒"在床上。佛光山寺院里的规矩很严格，早晨四点半就必须上殿课诵，我与秀美连续发了几次心，仍旧赶不上上殿的时间，也就不了了之，她们当我们远来是客，并不要求，而我们因此更愧疚良久。连个小小起床事都难于上青天，更不要提什么悲、智、愿、行了。

　　"您早啊！"梅觉推门进来，穿着一式玄色海青。

　　就着天亮，我看她仔细地把海青脱下叠好，露出一袭佛学院的学生制服，简单的淡蓝色令人感觉天亮得早；脚穿白袜，蹬一双黑色僧鞋，仿佛万里路就这么走过了。尤其令我惊坐而起的，是她那两股垂腰的大辫子，如勒马的缰绳。我说：

　　"啊！你的头发好长哦！"

　　"是啊！很久没有剪了。"她很不好意思地拉一拉辫子，我因而见到她那一张黝黑的脸，及写在脸上那放旷的五官：浓眉、大眼、有点犀斗的下巴。随时随地，这人推门进来，总让人认为她必定刚从一个遥远的、酷热的、荒凉的蛮荒处回来。

四季走失 —— 013

我说:"不要剪啊!好漂亮的头发!"

"谢谢啊!"她温和的样子真可爱,尤其一口洁白无瑕的牙齿,使人觉得和她讲话是一件快乐的事。

后来,我与秀美又换了寝室,没再与她们同住。但,过不了几天,再看到梅觉,几乎认不得她:

"啊!你怎么把头发剪掉了!"我大惊。

她又不好意思地摸一摸短得像小男生的头发,随即摊了一个很顽皮的手势:"I don't know!"然后嘻嘻哈哈很快乐地笑了一会儿,才正经地说:"太麻烦了!我每天都要这样这样……"她做了编发的手姿,从头编到脚,我们都笑弯了腰;我就伸来食指、中指,支成剪刀模样,往她虚编的长发处"咔咔"剪了两下。

这一剪,数年长发乃身外之物。

我想,当她踏出多伦多大学的校门,一定有一个属于宇宙的秘密蛊惑着这位南中国的女孩,使她忘了去编织巴黎最流行的发式,去剪裁最新颖的服装,去学习最惹人的交际;一定有一个生命的谜题困惑着这位快乐的女孩,逼迫她小小的胸臆,于无人的月夜落着无数的问号之泪。

"然后,我工作筹钱呀,我要到处去看看啊!"她的眼睛因长时空的奔波,掩了一层难以探问的黯淡。

或者,她要说的是,我要到处去问问啊!问何以日落月升不曾错步？问何以生生不息，又死死相续？问生源于何，死往何处去？问该对初生的赤婴唱什么歌，该对怀中的死者落什么泪？问未生我之前是谁？既生我是谁？化成一抔土后又是谁？问芥子纳须弥，还是须弥纳着芥子？问为什么芸芸众生我一回头，看到的就是唯一等我的人？

"去了美国、欧洲、日本、韩国、东南亚……"她很费力地想着她去过哪些地方。也许行到山穷水尽处行兴自消，她也记不得那些碎为微尘的云烟过往了。

"就这么一个人走吗？"

"是啊！一个人。"她理所当然地说。

那么，把家园屋宇之色系为帽檐的飘带，把双亲兄姐的爱语做成行囊的铃铛，把学识书帙卷为攀山涉水的杖，而生命的缘故啊！那乃是永恒的指南。

多少山岩河川、森林曲径行脚过，松与柏或女萝，无言；多少海洋天涛摆渡过，波与浪，无言；多少阴或晴的天空航行过，风或云，默默；多少条纷歧的路向陌生的行人质疑，而每一个方向都山穷水尽。

"不想家吗？"

她摇摇头。或许，在异乡那座初晨的森林，她自睡袋里醒来，阳光的手已掀走那顶家园的帽，松针缝金阳丝衣为她的桂冠，谁

四季走失 —— 015

说时间乃一匹无常的布？或许，天涛与海岸边她枕暮色睡下，见海水在白昼化为云霞，云霞于黑夜又回到海洋，她想，一方与十方何异？或许，当她行脚过挨家挨户，听稚子哭啼的声音，闻年迈人母哀婉的凄喊，她自觉不该藏有爱语的铃铛，将它羚羊挂角，送给每一家的屋檐。

然后，行囊、步鞋、两条结绳记事的辫子，她来到台湾。

"我喜欢这里！"她露出一个洁白的笑。

那时，小径两旁绿草如茵，燕子穿梭；我们择一处高的石阶坐下，看天。她自从剪短那结绳记事的发，好像牵牵绊绊都短了，人显得轻松，笑起来也更纯粹。

"我希望多看一点经书，做一个学生。"她严肃地说。

很多时候，我看到她与其他佛学院的女学生们在绿草地上"出坡"，她们或蹲或跪专心一意地拔除绿茵里的杂草，她们称这是拔烦恼。梅觉从这儿拔到那儿，她的身子在烈阳下定着，久久不动。有时候，她穿着围裙，在厨房大灶之前忙着炊爨之事洗濯之役；想惠能当年至黄梅参访五祖弘忍，做的也只是后院里破柴舂米的劳役之事。但，更多时候，我看到梅觉在教室里用功着，一盏灯总是点到不得不熄灭的时刻，那时，晚课的梵呗召唤。

若人生如逆旅，谁不是行云？唯寻着永恒生命者，唯能纵身化成一道甘泉，向大千世界洒去。

四季走失

浮在记忆与遗忘边缘的，总是琐事。

人，趴在时间的背上往前赶路，也不知是一路颠颠荡荡把人晃傻了，还是尝过的故事翻来覆去就那么几味把人弄腻，到了某个年纪，特别喜欢偷偷回头想几绺细节，连小事都够不上，只是细得不得了的一种感觉。

1. 橘实

譬如，有一天早晨，平凡得无话可说的夏日早晨。我依例将咖啡粉倒入咖啡壶内，送两片全麦吐司进烤箱，趁这空当，拿扫把将院里的落叶、坠花、飞沙拢一拢，然后牵出水管浇花。我习惯将塑料管末端捏扁，朝半空胡乱挥动，喷洒的水花如狂舞般，恣意地从高处落下，滋润树叶而后浇灌了土。忽然，在闪白的水花中，有一种细微得像小蚂蚁似的味觉在舌尖溜动，一只两三只似的，带了一点甜。我咂了咂，那味道忽隐忽现，仿佛走到记忆与遗忘的边界，竟打起盹来。我努力地想，眼睛看着欢愉的水花不断洗涤一棵老桂树而不知移开水管。从厨房散来的咖啡香，像个热心路人，帮我攫住那味道，带了一点甜，也染了一点酸，然后，应该有滂沱的绿在天地间飞舞，点点霞色，安静地泊靠在渺无人烟的高山上。

我因此忆起十三岁那年与三个好友到山上另一个同学家探访的往事。

那是个晚秋与初冬会合的季节，我们穿着制服——长袖白衬衫、黑色百褶裙，沿狭仄的山路一路转弯，遇到陡峭处，还需压着膝头拱背而上。应该是唱着歌的，那年代的女孩，说完吱吱喳喳的知心话，就会一起唱歌；齐唱或三部合唱，也许是"门前一道流水，两岸夹着垂柳……"，也可能是柔情曲折的"让我来，将你摘下……"，一路喘，一路唱，以少女纯净的声音。

日头像一只倦鸟，静静穿过杂木树林，向西移动，黄昏薄薄地落着。偶有几片阔叶倏地闪亮，光，像一群小贼，四处跳跃。我们看见她家的屋了，一起喊，她的名字顿然荣华富贵起来，盈满山谷，伴着回音。

几间土角厝挨着山壁，屋旁三两行瘦高的槟榔树。她的父亲下山去了，具泰雅族血统的母亲正在灶前烹调，白蒙蒙的炊烟自烟囱冒出，自成一阵暖雾。她对我们的造访感到意外，因此，欣喜之余还鼓动了从未见过的热情，一扫在学校里沉默、腼腆甚至偏好孤独的形象。她说，去橘子园走走。

沿屋前几步台阶而下，即是天宽地阔的橘树林。橘味空气分外清香，两只大狗不时穿梭园中，似乎想把橘实叫黄。她大声喊狗儿名字，许是用泰雅母语，听来很气派。她领我们走入橘林，在一棵早熟的橘树前停住，示意我们可以摘一个尝尝。我们三人虽赞赏橘实之硕壮与色泽艳美，但谁也不肯伸出手，反而秉持那年代少女特有的谦让与矜持，不约而同转步离开那棵华丽的橘树。半面天空淡青，另半面渲染着紫霞，有人说：看哪！大家都抬头赏起天色来，也就瞥见槟榔叶因风摇曳的样子。

我相信我们都在心里跟自己说："橘子太美了，可以卖好价钱啊！"那年代的少女，在山川花树之间、悲欢离合之间，是懂得体贴的。

接着，她钻出林子，怀中捧着三个大橘子，脸上笑得饱饱的。

那天早晨，我首先想起的就是那颗大橘的美味。微酸、薄甜、汁丰，橘香清新得像一弯小溪。吃过无数芦柑、海梨柑及拳头大的粗皮土橘，吃了也就吃了，酸酸甜甜都是过往，不算数的。唯有那颗橘子，仿佛橘汁还含在嘴里，尚未吞咽。也许，那是胃的初恋吧，才会毫无缘由地在一个普普通通的夏日早晨忆起滋味；那股酸甜已自成一格，不容与其他酸甜相混。舌尖跟胃在悄悄欢叙，勾起了它，我才接着忆起少女时代的往事，更加强了那股酸甜的特殊价值。

她送我们一程，两只大狗也护随着。下山的路走来如腾云驾雾，应该也是唱着歌的。我想，四个人的话就一定会四部合唱："我几时能再回到卡布利，再回到卡布利来看你"，也有可能转到"门前一道流水"那首咏怀的歌。

我不愿回忆长大以后的事，情愿努力地想，至少要记全少女时代与同伴们常唱的，一首歌的歌词。

2. 绿云

原本只种一管葫芦竹，从花市拎回来的，高不及人肩，手臂粗，也没挑什么吉日良辰，草草率率地种在院子里。

就这么把它丢给时间，倒也长得一副天生地养的模样，还冒了两三根笋，隔阵子没理它，笋都成竹。数了数，七管长竹，约两层半楼高，原来已经八年。

奇的是，除了母竹还保留葫芦身材，后代是一代比一代向往直溜溜的身子，完全背叛了血统，可见原籍原种不重要，天生地养才是关键。日子就这么来来往往，竹与我仿佛不相干，各自在时间里忽睡忽醒。

生命中，有些人物与情感也是如此。平日双方互不牵连，没半句软语，遇到欢乐的事，也不会想与他分一杯羹。可是，当人生碰到恶浪，船沉了，屋塌了，在太平盛世与你手拉手的人一一闪躲之时，那人那物像从浮云掠影中感应到什么似的，忽然来敲你的门，背着他仅有的半截蜡烛、一篓粗粮，从瓦砾中撑你起来，说："有我在！"

当初是逛迷了路才弯进花市，走着走着，停在专卖树苗的摊子前。说是树苗也不正确，大多是一人高、扛回家种下即能骗骗路人眼睛的小树，才发现掩在樱树、栗树、玉兰树背后有竹子，竹的根须扎入一团土块，想必是从苗圃上大砍几刀硬是劈出来的。看摊子的是个十三四岁的小女生，约是老板的女儿，后头椅子上还倒趴着一本漫画。我明知故问："这什么竹？"她回说："葫芦竹！"其实，每堆树上都挂了小纸片，写明名字、价钱。我被那几根竹吸引，或许，也因为小女生的缘故吧，瘦竹与少女的她联结起来，鼓动出一种情愫，被压埋在心域某处积累尘垢却依然有光泽的情愫，因此，才莫名地挑出一管竹，说："帮我包起来！"

周遭是波浪般喧哗的人语，头顶上不时传来汽车疾驶高架桥的空咚声。一个星期六下午，大太阳底下的寻常日子，我安静地站在喧闹里觉得放心，好像颠沛年代逃了大段路之后，揣一揣怀中，发现装着传家宝的小包袱还在。因这放心，让人愿意继续在世间流离。

小女生用一只长塑料袋装竹，如今想来十分寒碜。回家后，将它搁在院墙边，一搁就是几日。种的时候，大约也谈不上载欣载奔吧。

现在明白了，那竹是用来安慰自己的。当看倦了世事，读累了人情，望着一团沙沙吟哦的绿云，时间就自动翻回前页了。

首先浮现的，是老厝四周的竹篁，要经历四五代或更久，围着三户红砖老屋及大稻埕。至今不明白那是什么竹，但依然记得十多个小孩在这圈绿手臂内来回奔跑的情景，就这么把自己跑成爱离乡的青年；回头一看，才发现那年代的童年时光都是绿的，抖一抖，除了掉出十来个台风、大水，少不了有两三个鸟巢从密竹高处掉下来，或者一条思春的蛇、几名嗜食竹心的野鬼。

我以为孩提与青春都远逝了，随着都市化浪潮不得不抛在记忆与遗忘交接的荒芜地带，然后终将老得无法回头打捞一封溺水的情书、一管浪荡于江湖的瘦竹。

其实不是这么回事。人,固然无法抵御一个时代的浪潮,必须沉浮于其中;但是,那些看起来注定会被浪潮侵袭而消逝的物件、情怀却自有其升华、转化的秘径。有一天,换它们做主,挑选它们愿意依附的尚未彻底媚世的有心人。这些物件、情怀飘散在闹市、冷夜或淤积的河道上,等待与有心者目遇成情;一旦邂逅,往日时光就这么一点一滴回来。仿佛街道之上另有一条老竹咿呀作响的乡间小路,白发纷纷然丛生的头上,另有一个吹笛小童,把日月吹得稳稳的,从此没有了"消逝"的苦恼。

有人送我一幅旧字,"满院绿云栽竹地,半亩红雨养花天",不知在谁家厅堂住了多年后辗转栖到我的墙上。平日坐在书房写稿,抬头,目光顺毕上联,往左移一寸,正好就看到那七管长竹拢成的绿云,沙沙地在风中叹息。书斋稿田,偶尔思路艰险,陷入流沙不能自拔。自然地,将目光栖于绿云里,仿佛跋涉之路有个伴,有人鼓舞,渐渐得以脱困。习道的朋友说,竹长成这般有风有雨,通常是有鬼灵住了下来,他教我"赶"它。我没理会,但喜欢他的臆想,若这团绿云是鬼灵小憩之处,它必定也是有乡愁的鬼啊!时常,我的眼光像多情蝴蝶,悠游于字与竹之间。字,是借宿而来的字;竹,是漂泊而来的竹;人,也不过是个想要静静回忆的人罢了。

跟着我八年之后,台风毁了竹。竹竿顶端被风折了,细枝子扫得满地。竹叶不是一片片掉,要折就是一掌五六叶,像兄弟同赴黄泉。我站着看了好久,惊觉时光在体内乱流后,让人心疼。

搜出一把锈锯,架好铝梯,一管管地拦腰锯竹。绿云看来轻盈悠闲,锯起来却铿铿锵锵,像烈士死也不肯折的铁骨。

风吹竹屑,迷了我的眼睛,一面锯一面跟竹间的鬼灵说:"逝者已矣,我们重新开始!"

收拾枝叶,用纸箱子装,居然装了三大箱。院子亮得干巴巴的,剩七八根竹竿杵着,等待春天。

把纸箱扛至垃圾收集处,往回走的路不长不短,只够想一首歌。我因此想起十三岁那年与三个好友到山上另一位同学家探访,她送我们下山,两条有着泰雅名字的大狗护随,我们四人可能唱到的《流水》歌词:

门前一道流水,两岸夹着垂柳。
风景年年依旧,为什么流水总是一去不回头?
流水啊!
请莫把光阴带走。

破灭与完成

存在乃无驾驶无意义的单程列车,春夏秋冬,日居月诸,不断重复,无动于衷。去春欢愉,今春悲戚,是乘客的事。

车厢里帝王将相,贩夫走卒,跟存在本体无关,是乘客在特定时空遇合后捏造出来的特定名目。对这批可计数的乘客而言,就是他们的有限"人生"——相对于无数回合的"人生",他们的仅是某一回合的某一环。从这个角度定位个人生命,幻灭已经着床了。

我们的人生只在某节车厢繁衍。座位虽有软硬之分,窗台有高低之别,驿程风景一样。走了一个皇帝,那座椅马上被另一个皇帝登基，下了个引车卖浆，来了副剃头担子。座位不动，涂涂改改是姓名。每人手上有一张车票，注明起站与终站，起站名称人人识得，终程空栏只盖了个印"静候通知"——列车本无始终，有始有终是乘客。

由于初旅，无人知晓自己的终站在哪里。既然上了贼车，一时三刻还不用下车，干脆跟同车厢的伙伴耳鬓厮磨起来：谈几场涕泗纵横的恋爱，做几笔尔虞我诈的买卖，唱几首肝胆相照的酒歌，偶尔也面红耳赤隔座喝骂……时间的刻度不受任何影响地移走，无众生因，无悲喜果；车厢的乘客却在每一寸刻度制造不同的内心风景。无情笑有情。

除了个人小悲喜，同一车厢的这批乘客也必须分担整体任务：考证本车厢每张座椅上的臀印；记录过去人生的是史家；供应五谷杂粮的是农渔牧；搞教育的教刚上车的乘客认字学规矩；凡有其他车厢恶客企图掠夺本车厢粮草、座位的，动员捍卫战士前去殴斗。那节名叫日本车厢的乘客霸过咱们的座位挺久的，不过，在元朝那个时间刻度，咱们也到别的车厢建帝国。

一切存在，又归于不存在，哪一个叹息最沉重？每名乘客无所逃遁于旅程终极之谜、族群总体命运、个我生命目的。三度风景同时交织不断缠缚，愈活愈听到未曾谋面的神在空中拍掌窃笑，仿佛说：你们当中抬头仰望天空的，去告诉埋头苦干的伙伴吧！

我让你们活着,乃为了取乐。

不能说破。只能冷静地寻找"意义",降伏密闭车厢里那颗骚乱、痛苦的心。给自己活下去的理由,抵抗已窃听到的天机。

时间面无表情地送旧迎新。诞生,不足喜;死,不必惋惜。这岸敲喜庆的锣,彼岸诵亡魂经,听到只是听到。那些被通知已到终站的人难割难舍的挣扎、终程未到却提早跳车者的诀别手势,看到只是看到。情,还是有的,温热地泼出去,但不会变成冷箭流回来,射穿自己的心。

提早下车者,统称"自杀",有的被破灭命中红心而厌弃旅行,有的执行自己的意义到此为止。死亡,没什么好说的,人人躺成一摊冷肉,哀荣备至的厚葬或路边冻骨,都是活人的事,跟死者无关。若有人预期自己的葬礼又以死使葬礼成真,那是以虚妄取代虚妄。譬如悲剧作者企图写一部独步古今的作品,又写不出,干脆把自己逼疯,以为完成悲剧了,其实是可笑的闹剧。因为悲剧作品亘古长存,而以自身为悲剧的作者,很快变成冷肉。

采取自绝行动的,有境界之分:因幻灭而亡,是懦夫,因完成而殉,是勇者;一卑微,一高贵。作家悬梁与村妇饮鸩,面目不同,本质一样,只是作家在本车厢享有盛名,容易引起乘客注目而已。如果,饮鸩的村妇因完成而自绝,作家因破灭而悬梁,则我丝毫不认为作家之死比村妇高贵。作家只不过在整体车厢的社会职能上担任写景一职而已,终究是一名乘客,毫无特权可言。撰写人性风景、论述美思的同时,也必须为自己的旅程找到"意义"。

"意义"是一种绝对理智的擘画,为了向存在宣战,去确定为什么而活?怎么活?活到何种程度就够了?能留下什么战果与其他乘客分享?找不到意义的人,一生只是一则文笔不通顺的笑话。找到意义的,如同死过又复活,精确地把自己带到已预设的战场去,时间未到,结局已心里有数,遂能在活着的岁月,面带微笑,无悔无憾地实践意义的内容。虽然破灭故事的碎片不断在血管流窜,尽人的礼数淌一回泪够了,破灭无法倒戈生命意义。虽然幽黑的隧道令人目盲,仍看得到黑暗里像灯一般闪烁的花盏。活在已抉择的意义内,享有强韧的幸福,千军万马踏蹄,江月何曾皱眉。

当终站来临,可以痛快下车;或自觉人生一趟,仁尽义至了,不想往下看风景,求死得死,也是壮丽的完成。

美丽的茧

让世界拥有它的脚步,让我保有我的茧。当溃烂已极的心灵再不想做一丝一毫的思索时,就让我静静回到我的茧内,以回忆为睡榻,以悲哀为覆被,这是我唯一的美丽。

曾经,每一度春光惊讶着我赤热的心肠。怎么回事呀?它们开得多美!我没有忘记自己睁在花前的喜悦。大自然一花一草生长的韵律,教给我再生的秘密。像花朵对于季节的忠实,我听到杜鹃颤微微的倾诉。每一度春天之后,我更忠实于我所深爱的。

如今,仿佛春已缺席。突然想起,只是一阵冷寒在心里,三月春风似剪刀啊!

有时，把自己交给街道，交给电影院的椅子。那一晚，莫名其妙地去电影院，随便坐着，有人来赶；换了一张椅子，又有人来要；最后，乖乖掏出票看个仔细，摸黑去最角落的座位，这才是自己的。被注定了的，永远便是注定。突然了悟，一切耍强都是徒然，自己的空间早已安排好了，一出生便是千方百计要往那个空间推去，不管愿不愿意。乖乖随着安排，回到那个空间，告别缤纷的世界，告别我所深爱的，回到那个一度逃脱，以为再也不会回去的角落。当铁栅的声音落下，我晓得，我再也出不去。

我含笑地躺下，摊着偷回来的记忆，一一检点。也许，是知道自己的时间不多；也许，很宿命地直觉到终要被遣回。当我进入那片缤纷的世界，便急着把人生的滋味一一尝遍，很认真，也很死心塌地。一衣一衫，都还有笑声，还有芳馨。我是要仔细收藏的，毕竟得来不易。在最贴心的衣袋里，有我最珍惜的名字，我仍要每天唤几次，感觉那一丝温暖。它们全曾真心真意待着我。如今在这方黑暗的角落，怀抱着它们入睡，已是我唯一能做的报答。

够了，我含笑地躺下，这些已够我做一个美丽的茧。

每天，总有一些声音在拉扯我，拉我离开心狱，再去找一个新的世界，一切重新再来。她们比我还珍惜我，她们千方百计要找那把锁解我的手铐脚镣，那把锁早已被我遗失。我甘愿自裁，也甘愿遗失。

对一个疲惫的人，所有的光明正大的话都像一个个彩色的泡沫。对一个薄弱的生命，又怎能命它去铸坚强的字句？如果死亡是唯一能做的，那么就任它的性子吧！这是慷慨。

强迫一只蛹去破茧，让它落在蜘蛛的网里，是否就是仁慈？

所有的鸟儿都以为把鱼举在空中是一种善举。

有时，很傻地暗示自己，去走同样的路，买一模一样的花，听熟悉的声音，遥望那扇窗，想象小小的灯还亮着，一衣一衫装扮自己，以为这样便可以回到那已逝去的世界，至少至少，闭上眼，感觉自己真的在缤纷之中。

如果，有醒不了的梦，我一定去做；

如果，有走不完的路，我一定去走；

如果，有变不了的爱，我一定去求。

如果，如果什么都没有，那就让我回到宿命的泥土！这二十年的美好，都是善意的谎言，我带着最美丽的那部分，一起化作春泥。

可是，连死也不是卑微的人所能大胆妄求的。时间像一个无聊的守狱者，不停地对我玩着黑白牌理。空间像一座大石磨，慢慢地磨，非得把人身上的血脂榨压竭尽，连最后一滴血水也滴下时，才肯利落地扔掉。世界能亘古地拥有不乱的步伐，自然有一套残忍的守则与过滤的方式。生活是一个刽子手，刀刃上没有明天。

面对临暮的黄昏，想着过去。一张张可爱的脸孔，一朵朵笑声……一分一秒年华……一些黎明，一些黑夜……一次无限温柔生的奥妙，一次无限狠毒死的要挟。被深爱过，也深爱过。认真地哭过，也认真地求生，认真地在爱。如今呢？……人世一遭，不是要来学认真地恨，而是要来领受我所该得的一份爱。在我活着的第二十个年头，我领受了这份赠礼，我多么兴奋地去解开漂亮的结，祈祷是美丽与高贵的礼物。当一对碰碎了的晶莹琉璃在我颤抖的手中，我能怎样？认真地流泪，然后呢？然后怎样？回到黑暗的空间，然后又怎样？认真地满足。

当铁栅的声音落下，我知道，我再也无法出去。

趁生命最后的余光，再仔仔细细检视一点一滴。把鲜明生动的日子装进，把熟悉的面孔，熟悉的一言一语装进，把生活的扉页，撕下那页最重最钟爱的，也一并装入，自己要一遍又一遍地再读。把自己也最后装入，甘心在二十岁，收拾一切灿烂的结束。把微笑还给昨天，把孤单还给自己。

让懂的人懂，

让不懂的人不懂；

让世界是世界,

我甘心是我的茧。

迷走他日

往事的声音是窸窸窣窣的,带了一点傻。时而被风夹在腋下跟随季节流转,时而被流浪之犬衔在嘴里逦行,四处寻它的主人。

将雨不雨的晚春午后,天色昏沉,仿佛一种威胁,预警即将坠落钢筋铁条之雨。然,逐渐加深的灰暗并不能遮蔽我眼前在空中盘枝荡丫的三角梅艳影,一夕之间,她怒放起来,像被情所困的人焚烧自己。我甚至相信,若真有钢铁雨点,也会在碰触三角梅花簇时自动消融成烟。

时而,往事也像这烧烫的三角梅灼痛人的眼睛。

我愿意在这种时刻想你以及她。这时刻有几分清醒几分感伤。

我想我永远也不能根治在最狂放的巅峰联想死亡的宿疾，美，再上一层，除了死亡没有别的路可以收容、可以转化、可以延展。这也是在平凡世间，我害怕遇到可以偕我同登高崖的人之故；以我之力，自然可以独游，但遇到同质者，我会比他更快感受终极性格正在我的体内醒转、储存能量、踏出脚步，伺机要在一切的峰顶玉与玉俱焚，琉璃与琉璃同碎。职是之故，如我者，不得不在脚踝秘密系一石块，以语言、文字，以浮光、流云提醒自己做一名不再与绝美歃血的驯民。

如我者，这驯民，岂非一世之课业。

这时刻，感伤如三角梅艳影，清醒似昏沉天色！我用来想念你们，因你们乃是我放逐途中无意间邂逅之浪漫信徒。

1

遇着你那夜是中度台风。我刚结束一场电影，因对导演失望以致感到落寞，不想返回郊居的家，也不想弥补晚餐。街头因风雨缘故像乏人清理的战场，胜败已是功勋簿上的往事，但枯骨朽尸仍是未亡人的现实。几个红条纹塑料袋被风撑得鼓鼓的，有一种升斗小民的愚呆模样。我低头走着，深深觉得自己正在解体；连日来被气象预报员渲染威力的台风并不如预期凶猛，但想象她的路径像一把长戟划过南太平洋丰腴之身，使解体中的我稍感快意。末世都市的脚是带尖刀的，我被冷漠的现实割得浑身痛楚，凡我信仰过的爱、情义与公理如雪色桐花，死在人来人往的路上。你后来明白那夜的我正在寻找一种暴力。你听过巨鹰抓攫海龟在空中盘旋，为了找一块最狠的石崖，自高空掼龟，破其壳而取肉的野生故事；我似鹰，只不过抓的不是他者，是我自身。

不知不觉走回东区办公室附近，索性上去避风雨。我遇着你，就在电梯门口。

你看见浑身湿透的我，惊讶得不知怎么办。我已在心里笑你，但仍然冷冷地说："没见过女鬼吗？"

"几楼？"进电梯后，我问，你没答，我按了我的办公室楼层，再按"关"，电梯像一条老狗喘着上楼。空空空，那是我内心的空洞声，还是你的？

在旷远的人世坐标上，我们必须匍匐多久，才能穿越干燥的黄沙，寻到一棵愿意绿着的小树，宿一宿倦了的心？必须迤逦多少公里的情感，才遇得着分内的太平盛世？你我都不是各自分内的，瞒不过自己。可是，在世间邋邋够久了，又比别人早一步懂得对方身上的累；无须从头说起，眼睛里尽是没上锁的故事。我记得认识你那天，我对你说的第一句话是："你的背上好像有大石头！"你懂，立刻自封"西西弗斯"。实则，对不断驿动的浪者而言，虽处不同象限，却互为倒影。

　　你沉默地跟着。我没开灯，窗外招摇的霓虹虽因台风之故捻灭，但不乏几盏孤儿似的路灯泼了一些光进来。空荡荡的办公室只剩一张破皮沙发，几盆枯藤，过期杂志与报纸在墙角堆成一冢，剩下的皆是尘埃。

　　这是边裔之地、流放者行程中的客栈之夜。我坐在脏地板上，点燃第一根烟，打火机蹿出的火舌像沙漠响尾蛇嘶嘶作响。酷热的意象黏着我的头颅，挥之不去，可是窗外的暴风已在拍击广告牌、招牌，如盛怒者。

　　那是记忆错置的时刻。事实上，办公室已在昨天搬迁到隔壁栋大楼，我应该到新地点才对。可是，适才于风雨街头行走，动念想回办公室时，全心全意想的是旧址，完全不存在迁徙的记忆，以至于开门进来时，看到漆黑、空荡的景象，当下有些惊吓伴随沮丧，以为连空间也弃我而去。

　　你也不坐那把破沙发，学我席地而坐，然后开始说话，蹑手蹑脚似的，不说点什么，怕黑沉沉的气压压死彼此，说太多，又怕惊动正在自我凝固的我。你低沉的声音有种处处赔小心的卑微感，着实不像平日活跃于各种会议的专家。你断断续续交代为何出现在电梯口，言语缝隙又让人觉得理由不够充分，你终于以客观视角叙述不想隶属任何空间、只想蜷缩起来却找不到地方去的中年男子心情。你似乎意识到自己过于流露落寞，又忙碌起来，背书似的，诉说从夏天到明年春季必须出席的会议，听来像密密麻麻的国际航线图。你换了开朗的声音，说我看起来像要找人报仇的小混混。

"黑暗是好的。"我说，捻熄烟，爬起来，拉开落地玻璃门，一阵猛风打掉纱门灌进来，尘埃、废纸随之起舞。我拉上门，只留一小缝，让风自由。

因为在黑暗里我们会忘记伪饰，任凭囚禁我们的现实如山坍倒，而精装在身上的故事亦一张张漂软、断裂。时间与空间的主权重新交到我们手上，用来返回孩提找寻遗失的心爱之物，用来独自追忆远逝的恋人，用来摘除总是黏在眼角的泪，用来迷走到天涯海角。

你的声音那么温厚、灿亮，像一缕光洁蚕丝滑入黑缎里面，让听的人安静起来，如走了十万八千里路的失眠者，当下渴睡。黑暗引着你慢慢走出高塔，那是众人公认的富丽位阶；我听到你灵魂下楼的脚步声，是一个喜欢在野地打滚、高声唱歌的孩子，却穿着笨重的、镶满金属勋章的长袍。你诉说你的人生总是走到十字路口，那么多人等着你抉择。我只是听，点头，漫无目的撕着随手抓到的半张报纸。拨打火机，烧一片片被肢解的昨日新闻。

我知道我不会再有机会亲身听你倾诉生命里隐隐作痛的故事，

同样，你也不可能再挨着我这么近，看到在我脸上繁殖的伤心线条。当暴风雨停歇，白花花的太阳又把这个城市烧烫了，我们会在光鲜亮丽的场合碰面，挥一挥手，大朵大朵地笑，打招呼，又各自与身旁的朋友谈论时事。那么，这个台风夜对日后的我们而言就是一颗珍珠，会重新吞回牡蛎体内，消融成一粒沙，并在吐纳之际飘回海里。时间是倒叙的，故事也是。他日，我们或将成为陌路，仅在偶然停顿的瞬间，错肩而过，为那张似曾相识的脸觉得讶然，回头再看一眼，然而也只是这么一眼而已。

我告诉你这些，竟有着预先告别的意味。你坐近些，我拨动打火机，移近，看到你的灰白头发如菅芒占据山野；寂寞的云在天上，风一阵阵吹拂，芒花翻腾，又恢复安静。也许，那就是你的人生风景，在他人眼中华丽的庭园内，有一块角落是长芒草的，你常常一个人坐在别人找不到的芒丛内低头不语。今晚，我是你意外的访客。

火，熄灭。台风撼动玻璃门，欲碎边缘。我背靠玻璃而坐，奇异的是，愈猛暴、惊险的处境愈让我回归安静、自在。你要我坐远些，怕万一玻璃崩裂了伤到我，声音里有恳求的况味。我依了。你伸手抚触我那发冷的头颅，似乎想用手掌煨暖我的颈子。你说："换你说，谁让你这么不快乐？"并且善意地从捏皱了的烟盒抽出一根烟，递给我，点上打火机，等着。

我已经感到快乐的根须从身上受伤最重的部位抽长出来了，因为无欲无求，没有还不完的债、缠不尽的情，所以那么容易就让彼此快乐起来。一个男人与女人在黑暗的台风夜里所能成就的最美情境就是成为对方的镜子，一面小小的心镜，正好照出最需要被抚慰的伤口。与我们鏖战最久、争辩"爱"义最烈的那个人，留下的礼物往往包含很难结痂的创伤，而非人人如你我，有幸在迷走的途中遇到对方。

不快乐是天生的、一种很昂贵的天赋，可以用来侦测爱情的纯度。同理，情感愈纯粹，愈容易对应到深沉的不快乐。非对象之故，是完全主义者的原罪宿命，致使自己把爱情转译为神圣教义，一手筑出庄严宫殿。然而，当要把神像奉入神龛，才发现那神偶是有裂纹的泥塑，非金身玉质。倔强的完美主义者是不屑到无序的地方放纵的。宁可拎着自己的影子在爱情圣殿与世间街头之间迷走。毕竟，孤独是最干净的。

"没有人使我不快乐，"我说，"是我等待太久了，以至于认不得路。"

"等什么？"你问。我笑而不答。

我们的台风夜结束于温暖的拥抱。像两头失去时空坐标的鹿，在冰河悬崖上对坐，因为从嘴里吐出的每一句话都是暖的，使周围的冰岩渐次融解，流成纯净之泉，甚至还看到冰封百年的青草缓缓舒展绿叶，如在春天。

你对我说的最后一句话连同你的名字将永远不会从我嘴里说出。我要恪守迷走礼仪，不食人间烟火。

下一回迷走时，如果碰到的人还是你，我会告诉你台风夜你问我"等什么"的答案。或许那时候，我已经能够笃定地说出："泥塑永不能等成金身，迷走难以走成正途啊！"

2

我们喝酒，在响过春雷的晚上。

小酒馆快垮了，没什么客人。音乐是普契尼的歌剧《蝴蝶夫人》中最著名的《美好的一日》，音响极差，荡气回肠的女高音听起来像饿鬼之鸣。年轻的酒保非常喜欢照镜子，连调酒时都要瞥一眼酒瓶上的映影，他在胸前别一叶绿蕨，看起来像超级大尾的毛毛虫啃噬他的心。我们要的玛格丽特调得歪歪扭扭，柠檬太多，漂走了龙舌兰酒的烈火印象。

"盐巴是甜的，"我对你说，"店不垮才怪！"

那阵子什么都是垮垮的，失去支撑也遗失面目。我仿佛进入生命的锁国时代，厌弃交谈、联系与见面。在世纪末最脏乱的城市过活，再怎么美丽的记忆也不免蒙上灰尘。每天黄昏，当我下班站在大马路边候车,无数摩托车呼啸而过扬起漫天尘埃时,我总会陷入恐惧呼吸的状态,似数个厉鬼掐住颈子而痛苦不堪。日复日,把自己当作行尸走肉,放弃思考,锁上记忆之门。

所以,当你突然站在我面前,我的第一个念头是,晴朗的草坡上开了一朵百合花。然后,想要深深地,深深地呼吸。

生命中有些时刻是无法归类的,最好也不要归类,以免破坏那份自由、微喜。是的,自由。那些时刻相对于牢笼似的轨道而言,是那么飘然、轻盈,像散步时候风吹动草帽的帽带,也像半夜不寐时,突然看到一只小蝴蝶在床上飞绕;不属于梦亦不属于清醒。如果让厉鬼掐一次脖子可以换一回这种时刻,我是愿意的。

十多年不见,你还是美,那份桀骜难驯的气质仍在,只不过变得更具说服力。年轻时,我常觉得别人太笨,所以懒得说理,久之,养成在紧要关头恨恨然沉默的毛病,不给他人机会来理解我的感受与想法。当下切断所有言谈,也放弃原本可以有转圜余地的情谊。我是刽子手,而你不是,任何一桩小事都可以滔滔争辩,像一个艰苦卓绝的妇人一定要把那口百年老灶刷白。当你在课堂上与思想史教授辩论时,我已注意你。我喜欢才华横溢、智识过人的女子,尤其,你精锐得像铸剑大师最得意的一口剑。十多年前,当我第一次听到你干净利落的论理能力,我对自己说:这女子身上有钢的香气。

然而，像你这样的女人注定要尝败绩的，不必比武，我们的社会找不到安置宝剑的处所就会反过来斥责剑太利，两性情感里即是如此。你的初恋失败的原因是，看完电影后与男友讨论剧情，"不小心"针对他的论点踊跃辩之，最后，他强词夺理地说："我们个性不合，分手吧！"甚至没有依绅士风度送你回宿舍即扭身走了，留下你及天上的一弯新月。

十年过去了，从台湾到美国又回到台北，你的智识训练已晋高手之林，但感情生涯依旧"坎坷"（用你的话说），每一回合皆速战速决，你自我解嘲："好不容易突破'月刊'，不过，至今未突破'季刊'！"

那一晚，我们在小酒馆喝酒，我举杯祝你："有朝一日，成为爱情的'年鉴学派'！"

《美好的一日》，雨夜独自聆赏时，我无法不流泪。那是因为蝴蝶夫人，一个行走于薄幸江湖的纤弱艺妓，竟把爱情里的"等待"主题诠释得如此庄严。它昂然存在于一颗纯粹如雪的心内；不染灰尘，没有人可以污秽它、袭击它，只有那位被等待的人有能力在瞬间摧毁它。如果，被等者永不现身，"等待"的过程将如苦僧之修行，最后净化了原本残破的一段世情，修饰其粗陋之面貌，增添其华采，灿然成就了天荒地老的爱情。然而，他现形了，一句负心话、一回轻薄手势，足以使等待者从云空坠入黑渊。

那一刻，她除了死，无路可走。

我告诉你这些，你慢慢舔着杯沿的细盐，似乎魂游天际。我请酒保再放一次。他答应。

"我要站在这里，站在山巅等待，独自站着等，而且不觉得等待是苦事……等他到达时，他将说什么？他会从远远的地方，叫着蝴蝶……我将以永恒的信念等待。"

我抽着烟，一根接一根，世事如雾。

然后，你告诉我你正在等的人在异乡，两年后他会回台湾，你们有婚约的。

我立刻拥抱你，因此差点从高脚椅上跌下来。我知道在钢骨背后，你那丰沛的情愫是那么纤细、柔美，像从古典诗词里拣出的佳句，藏在一口铁皮箱里，不告诉谁。

"在知更鸟筑巢的快乐季节，你的爱人将归来！"那是宾克顿上尉对蝴蝶夫人说的返航日期，我顺口借用。但不知怎的，心里却滑过一丝惶然，近似模糊的预感。我一口饮尽余酒，赶走那丝感觉，心里嗔怪自己是天生的悲观主义胚，才会对快乐起疑。

如果可以回到那晚，我想再点两份玛格丽特，与你悠闲地对饮。你放心，我从未醉过，因为倔强地要醒着看人生的悲欢，怕错过任何一回深情凝视或无邪的诀别。我也想不出要与你说什么，我们都是不好言谈的人，你虽然雄辩，实是不得不然，我既不爱辩，更不喜嚼舌取乐,恐怕也只是对坐、喝酒而已。也许,可以告诉你玛格丽特这酒的故事。年轻的调酒师在狩猎中误击他的情人玛格丽特,爱与罪日夜鞭挞他的胸膛,他不时想起玛格丽特这位墨西哥少女香甜的吻及她绝望的眼睛,时间如烈酒浸泡他的痛苦。有一天,他创作了这酒来纪念爱人,细盐与龙舌兰的风味宛如悲伤的泪水,打动每一个在夜晚喊"玛格丽特"的人。

时间与故事,可以像米粮般从我们体内吐出,恢复其新鲜,让我们有机会去其糟粕与不洁部分,重新再吃一次吗?如果可以,当我们重回那晚,我想摘掉《美好的一日》那段谈话,也不要碰触情感话题,只想一整晚与你共同回忆学生时光,说一说燃烧青春的往事,以及到了中年岁数就很少听闻的梦想内容。

时间不理我。因而,我只能倒退着走才能规避悲伤,把今日视作你我交谊的伊始,将已发生、成为过往的那一大段"往事"当作他日,如此逆溯,我们的他日总会回到思想史课堂上,一个铿锵如金属交击的女声突然窜出,舞剑似的演绎哲学议题,而另一个女子兀自低头微笑,心底云腾腾升起渴慕、激赏的烟雾。那是初夏早晨,蝉嘶嘹高。

那夜酒馆一别,各回各的沼泽,音信又断了。我们都不是执子之手、依依惜别的那种人,挥手道别,常有一股生死随它的霸气,不想跟这世间拖泥带水。三年后,当我听说你死于意外,驾着刚领回的新车撞树时，我想，以你那种挥手的气派，大约也只是响了一记雷就天地俱寂吧！

"没人告诉你吗？"转话的人问，我跟他在街头相遇，不免聊出彼此认识的名字，遂提及你的变化。

"我……"看着小贩们急急卷起塑料布躲警察，竟想跟他们逃跑，"我……跟她很久没见了！"

这话让彼此都松了一口气。大街上，该怎么在他人面前安顿渴慕之人的生死呢？不如视作泛泛之交。我又问他，你是否结婚？我仍记得你说过远方有人与你缔约。

他笃定地说，没有。我提醒他，有个在异乡深造，拿了学位就要回来……我说不下去了，不愿在梦幻泡影的俗世揭穿仅剩的一点浪漫。

"没听说，哦……那个人呀，他们早散了！我的车来了，再联络吧！"他匆匆忙忙走了。

我永远不会探听你亲口说过的情约是怎么回事？酒馆之夜，你既然那么说，表示你希望我从那个位置祝福你。我自信在你心中，我不是无面目的陌生客，你视我应如我视你般珍贵，那么，你向我吐露的那段情感，不应从世俗面辨其真伪，应从你澎湃而又贞静的内心来体贴它的珍贵。希望一个特殊的朋友帮你储存爱的憧憬、涵藏那份纯粹的柔情，如看护龟裂大地一朵刚睡醒的百合。

我懂，所以缄默。

然而，我们走的是多么不同的路啊！你化仙而去的那一日，恰好也是我的人生转向之时。我想象那一日，你放纵速度，在连续弯曲的山路驰骋，初夏黄昏，阳光如幽灵，透过蓊郁群树在你的车窗扫出一幅恍恍惚惚的风景，晚蝉如骤雨，叮叮咚咚打湿了你眼前的景物。你不思不忆，视而不见，听而不闻，感知不到自己的存在，也握不住生命的重量，你只是奇异地仿佛看到自己站在山巅等人，因而想要长长地叹一口气，然后呼唤山顶的自己下来。那一瞬，你的车冲向一棵巨大的老树，你如一只蝴蝶自铁矿中飞出。

那一日的我，却是站在最杂乱的都会区六楼公寓阳台，朝荒芜的对面违建抽烟。在我背后是午休时的办公室，老旧的冷气机像即将报废的时光列车，一路辗毙无辜路人。我抬头看着污染过重的鼠灰色天空，一只鸽子飞过。对面顶楼小屋似乎没人住，但晾衣竿上还披了一件宽大的黑衬衫，衣服底下，正好长了一株芒草。烟，抽得很慢，每一口都听得到烟丝焚烧的微音；汗，从额头流下。一只瘦麻雀，飞下来，跳了几步，飞上，栖在那件黑衣上。天地，如恩怨情仇的战场，输赢都是遍体鳞伤。就在这一瞬，捻熄指间的烟，重重地，我知道十多年吐雾生涯，今天走到了尽头，从此不会再碰。看着半截弯曲的烟，如弓身裸女发出死亡的焦味，把烟纸、烟丝扯碎，于掌中搓揉，伸掌，一把撒向充满无意义恩仇的世间。我嗅闻自己的手，每一根指头如烧焦的巨木，闭眼，看到一只只翠绿的小蝴蝶从焦黑的木头飞出来，愉悦地，自由地。我知道自己已向过往挥别，决心要走了；把破灭还给等待，沧桑还给深情，回忆留给自己。

你永远走了，我拍一拍身上尘埃，开始低头过日子。

无论多少年，我愿意随时在狂野的三角梅花影的提醒下想你。因为，你寄放在我心里的那份"爱的等待"总会拉着我在时光中迷走，愈是遇到绚丽的风景，它愈会蹿出。仿佛，绝美是个巢穴，"等待"总是在此繁殖。

我逆溯着，回到断烟的那个下午，把你寄放在我心里的那份"爱的等待"像吊猫尸般吊在那棵夺命老树上。然后开开心心地迷走到"他日"：一个微风早晨，你我初次相遇；夏蝉把天地叫窄了，窄得没有过去，也容不下未来。

上班族之梦

有个朋友三十冒芽,坐办公桌的。平生最大志愿四十五岁退休,从此颐养天年。退休后的生活他想得真美:退休金嘛,买几张不长霉的股票用平常心抱着,年纪大了宜修身养性,大清早钻号子跑短线有碍清誉。既然不愁吃穿无须打点家小(蜀道难,要他娶妻也难),那笔瓣血筋挣来的钱当然羊毛披回羊身上。四十带五,甘蔗啃得动,花生嚼得烂,摇个电话杂货店小工一箱啤酒搬到脚跟前,三五好友划拳阔谈天下事,一人独酌花前月下,我与影儿捉双,美得够狠!

懂得赚钱也要懂得花,我这朋友不赚照花,债权人能摆满两桌,可他不以为苦:"人生嘛,还债讨苦就这么一档事儿,赚一吃二,将来撒腿儿才够本,烂债自然有人收,来来来,干了!"如此这般,到现在连个"房事"都没搅定,三天两头搬家,跟讨债的躲猫猫。"找不着我,你借钱给我买房子好了!"你死给他吧你。

可是照他说这一切到了退休后就平反啦!"黄昏,搬把摇椅纳凉,大榕树底下一片绿草地,小野花三两朵,眼前有山,背后小溪鱼儿泼剌,风一吹还有牛屎味。我摇着'竹扇',这很要紧,得竹扇才衬!摇着摇着,忽然'嗝'了!一只麻雀飞出大榕树。""嗝"就是一口气吸不上,瞪眼含笑归了西,夹在指间的烟还呲呲作响,一截烟灰不惊,若他当时抽烟的话。

我送他一把竹扇,地道的,他的退休梦可以倒着做。

忧郁对话

在夏日的咖啡小店翻阅列维·斯特劳斯《忧郁的热带》，其实为了避雨，顺便决定立刻展开阅读或让灰尘褙背一段时间再说。当书中列维·斯特劳斯引自 Chateaubriand 的一段话——这人对我毫无意义，除了造成横式书写的不便，以至于怀疑他的父母企图用二十六个字母替他造名字之外！——来到面前，我很确定已经暂时遗忘《忧郁的热带》以及随时会来的雷雨。

"每一个人身上都拖着一个世界，由他所见过、爱过的一切所组成的世界；即使他看起来是在另一个不同的世界里旅行、生活，他仍不停地回到他身上所拖带着的那个世界去。"

多年前，有人带我到西部山区某一处他极为珍视的山巅，开始倾诉从童年起在此秘密度过的故事。或许酷热的密林令人易于幻想，在他催眠似的声音中，我神游数年前的东部海洋：那是个阴雨之冬，撑着破伞的我行走于沙滩寻找什么或等着被寻找。一只盘旋的海鸟从眼前掠过飞往陆地，稍远的小站火车划过，碎裂的声音像破碎的贝壳不刺痛什么，希望与绝望如海鸟不可捉摸。"在这里，可以看到一群蝴蝶舔石头！"他说。潮湿的沙粒黏着裸足，像肥胖的蛆爬满我华丽的二十岁。

"都是孤独的世界，无法探险。所有冗长的陈述就像此刻的雷雨敲打玻璃窗要求对话，而我却睥睨它过于潮湿的长舌！"我写在笔记上。然后回到《忧郁的热带》的第一页，列维·斯特劳斯写着："我讨厌旅行，我恨探险家。"

贰

牵着时间去散步

你若问我,走的是哪条路?
我说,是哭过能笑,记时能忘,醒后能醉的那条小径。
你还要问我是什么样的人?
我说,是个春天种树,秋天扫落叶的人。

醒石

她醒时，天在将夜未夜之间。

屋子里暗幕已下，没有点灯之故，更有一种淹没人的沉重。她的眼睛四处流转，回想自己躺下时，屋外尚有一个白花花的太阳，怎么一盹，就把天色睡黑了？而太阳不见了，这突然变成一个很严重的问题，天空既没有缺陷的痕迹，大地亦无突起的山峦，太阳何去？她的思绪像是磨刀石上的锈刀，一使劲，便涎出一摊糊里糊涂的锈汁……这时候，窗格上的风铃开始响起：叮铃、叮铃铃、叮铃铃叮……啊！时间的倦蹄来了，驮着旷夜的问卷，掷给不能眠的人，垂首坐在床沿的她，像个拒答的囚者。

她把所有的灯打开，屋子里出现光影：首先蒙在那一帧5×7彩色照片上，她的侧面特写：黑发像瀑布刚要起跃、少女的媚眼正向下睫帘、鼻钩如上弦的月、红唇已用舌尖润了一圈口水合上、脸色是栀子花初开、衣衫如翼，背景是某一个春天，那些花容啊树色啊都溶成一缸斑斓的釉彩，乃她一手推翻。这是多少年前的事她不记得，只知道每回一看这照，总想唤醒那张侧脸，让她正视一下那个饱满多汁的自己的神采。她的手指感觉着玻璃垫的冷、摩挲着木框的细，似想似不想。任何的人物照一落了框，就宿命。

　　书柜是空的，因此长春藤漫爬，蔓叶的影子投在白墙上，像四五个人纷纷要跳下悬崖——总也跳不下去，反惹了浮烟游尘，这大约就是做人的艰难。茶几上倒趴着一本《圣经》，已被灰尘精装起来，上帝给人们讲了一则则的故事，每一则都于事无补。一串琥珀念珠戴在长颈台灯上，她遂着眼瞧去，可不是一个枯僧？她不习惯把生命交给谁保管，总希望自己去拿捏。因此，也就能够很友好地去听道、祷告、持斋、朝拜……唯其无住故无所不住，只是这颗心愈来愈不能安。她早就不祷告，也不随喜称诵了，自从那一次她甫念到"主啊！我在天上的父"，一只蚊子正巧叮住她的膀子，她抽手反身一掌，死蚊子黏着膀肉，她起了一阵耳鸣，听不到上帝的声音。

　　餐桌上残存着一锅一碗一筷，几罐张牙舞爪的荫瓜、菜心都半空。玻璃水瓶上灰印密布，霉渍积在瓶口，水也浊了。而杯子里的水还在等待被饮，旁边躺着数十方薄纸，药片、药粒散着，像五色彩珠。她现在已能分辨每一粒药在她体内造成的反应了，唯其如此，更厌恶拿她自己的身体当作战场。她想起她曾经很乐观地对主治医师说："是的，药是我的上帝，让我重生。"医师既不唱和也不拆谎，任她自言自语。现在的她到了该吃药的时间，只是坐下来、倒水、打开药包、数一数药粒看配药的人有没有漏了，确定无误后，喝一口水润喉、吞下，不吃药但是习惯地在薄纸的右下角写"×月×日"，然后离座，远远地看每日每日的薄纸很规则地放着，看不懂事的药粒常常乘着风从这日滚到那日去，看纸角也扇呀扇呀地凑热闹不去抓它们，风一走，诸物静息，看人事已尽。

　　她轻微地咳了几声，呼吸有点促，环着客厅走了几圈。那藤椅上散了几张报纸，都落了期的，不知是世界在牵绊她，还是她在叨念世界，两者之间有一种不痛不痒的冷战气氛。她习惯看昨天的报纸，看到强暴致死、歹徒枪战、弊案、污染、矿灾、战争、饥荒、馊油……就摇摇头叹："日子不能过了，日子不能过了！"说完也就罢，不会猴急地去翻今天的报纸追踪消息，好像这些事儿都与她无关，欺不到她身上。今天的报纸像一条卷心饼，霉在桌上，她在屋子里来来回回地蹭，就是不去翻，故意凌迟它。

墙壁上挂了一方彩色的印着大眼睛少女的镜子，她走上前去，看镜中的自己：乱发、眼神滞涩、嘴唇泛苍、颧骨高突、脸色如恹了的昙花，最主要是枯瘦，显得镜子过大了。她痴痴地凝视镜面的少女，看久了，也觉得那少女换了一副凶狠的眼光在逼视她，暗藏玄机，仿佛已派出看不见的千手千脚慢慢逼近她，她双手环抱胸前，抗拒地往后退，目瞪口呆地嘟囔："你们来了吗？"她不敢呼吸，也不敢眨眼睛，一闭就认输的，在心里问："你们来了吗？"一抬头看见空气中有千万只手在摸索、刺探、抓攫、戳破、掠夺、要一起锁她的咽喉，她张着口、唇齿交颤，看到一只毛茸茸的黑手正从空中劈头攫来，她反身撞到墙壁，捂着脸哀哭："不要过来！不要过来！不要过来！"哭声在光影之间穿梭、回荡于水泥墙壁之间："……要……过来……"她惊醒，一切静止。回头远望那镜面少女，还是一副天真无邪的样子。她发觉这都是灯光太刺眼的关系，在医院的手术台上她也有过相同的激动，光影太容易骗人了。她把大灯关掉，只留一盏浅浅的壁灯，世界很柔和、夜也温驯了，她觉得累，摸到藤椅上歪着身子，总算嘘一口气。又不放心，索性把镜子卸下，捂到抽屉去。

　　在迷迷糊糊之中微醒，夜好像掉到墨水里。

　　屋外传来淙淙的琴声，似远似近，听不出是什么曲子，但散发着女性般甜美安静的鼻息；热夏之际特有的蛙鸣既雄壮又高昂，时有时无。她歪在藤椅上聆听屋外的合奏，心里有柳絮因风起的荡然，也有了另一层的睡意。躺酸了，换一个姿势，便闲闲地用手去抚摩藤椅的曲线：时起时落、时起时落……藤皮粗干，藤色枯黄，藤干嶙峋而瘦长，藤味掺着蜡油的辛剌……她深深地吸一口气去感觉藤的存在，啊！梦来了：想象这藤身尚缠绵于森林树上的温柔；那时候春天多么让人惊奇啊！树干又是多么雄伟！这蔓藤便舞着莲步去探测树的阔足、去攀爬树的腰、去避讳树的陷阱，用千片叶万片叶去保温树的身体，终因忍不住又回头缠绕在树干与树枝之间去聆听树洞内山鸟的眠声，藤的蓓蕾也颤抖了，不是为了夜凉。一轮山月白皎皎地升起，山鸟惊醒，飞出洞外，扑噬、扑噬、扑噬，为夜起了一个高音，藤的蕾感动地开出一朵薄红色的花，长夜立刻破晓。远处传来婴啼。

远处真的传来婴啼，她惊醒来，一座森林瓦散，山鸟藤花都轻轻地凋去，也没落半点灰。婴的哭，要把夜哭破似的，琴声断了，蛙们已哑，天地之间只剩下这个初生儿在闹事。她想，什么时辰了？

壁上的老式挂钟马不停蹄地响了十二下，好似缁色的长布上，滚落了十二颗玻璃珠，轻碰、轻碰……静止。像一群告密的精灵来咬耳朵：嘿！时间那贼刚走。

什么日子呢，现在？她追问。

壁角上，日历翻到"8月1日"，恐怕也十来天没撕了，日子终究无法腌渍,她心里清楚,也就任它们堆积,等到要找,就得一沓撕;那心情好比她接受放射线治疗,头发一撩就是一撮下来,病友们说:"哪儿话!会长的!"日子也会再长吗?

她盯着日历看,一堆空壳罢,却又非常眷恋过去的血肉。她后退几步审问"8月1日"那天她做了什么事没有?吃药了没有?看书了没有?洗澡了没有?逼供似的,但完全无迹可寻。她愤怒起来:"一定有什么事情发生,别想瞒我!"她不自觉地猛剥指甲,剥得尖尖刺刺的,一握拳,锥心的痛,干脆用牙齿去啃,一面啃一面瞪着日历来来回回地踱:"少风凉,你们!"

屋内的家具饰物都不想理她,她气得发狠,一页一页去撕,日子们是孪生兄妹,死了一个再来一个,她撕溜了劲,去了半本日历。纸页在地上翻落、堆栈、破碎,变成灰尘的一部分,几乎淹了她的脚踝。她猛一醒,停了手,都快撕到年尾了。"什么日子呢,现在?"才懊悔,所有的努力都白费,她没找着此刻的那一页。

像赶走宾客的主人,又一一把客人拉回来。她蹲在地上用胶水把日历粘回去,用手心去抚平皱折、去熨帖撕痕,好不容易保住了摇摇欲坠的日子,功过相抵。"我翻得完今年的日历吗?"她问过医生。"也许,会有奇迹……""如果翻不完呢?……"她没有问。

日历不经意地溜到某个月日,"是这一天吗?"她坐在地上想,身子静得如第五道墙壁,隔着一阴一阳。

她推开门出去,依歪——依歪——依歪——纱门在哭,一群露水包围着她,抬头看,月明星稀。她深深地呼吸着、呼吸着,夜凉如水,水气中偶有桂花的清香。她拣一块路边石坐下,用脚尖闲闲地踢石头,说:"天!给我时间!"却不看天。

天开始亮,她的确在石上静眠了一回。麻雀的叫声吵醒了她,她跟随雀声下了山路,往溪水处行去,想净一把脸。雾的纱帐虽然未揭,山鸟成群地穿帐不动。溪唱十分悠扬,如远村传来的笛声,又似近处水牛的饮咽,晨曦尚未来汲水。她脱了鞋,弯腰,掬水,净了净,饮了数口,腑脏洞开,天色便清朗了。

夜垢都洗净,她忽然有了童心。好几日未沐浴,尘埃覆身,给自己解个围也好。便一一宽裳,叠好,交给石头保管,把枯瘦的身子托给水去润泽。水温清冽,水中的石子嫩滑,她无忧无虑地随着水姿行走,也不挣扎,也不吵闹,觉得生命在自然的韵律里成长、绽花、传香、结实、成熟、萎谢,都平安无恙。她感念天色渐渐转晴,有阳光来访,使她冷静的身子起了一丝丝温暖的情感,她觉得像一条游鱼,就学着游鱼,去聆听水的耳语、去分辨云影天光溶在水面上的那些密密意、去大量地吞吐叶子们所释放出来的氧气。她流了泪,水都温暖起来。

有一粒尖石刺了她的脚肉,她一歪身,硬是把它从大地的手里拔了出来。

  一看，水淋淋的黑石上绕着几圈似有似无的白丝，像石的筋血，本有几分美意，但细细一审，着实像髑髅的速绘图。她按了按自个儿的额沿、眼凹、鼻柱及下颏，人与石不近情，却似空印空。她微叹，又不能释手，遂紧紧地握在掌中，像得到一个灵犀。

  她水淋淋地从溪里走上来，沧浪之水自去。着了衣裳，赤足去亲近大地的肤体，风都来拭干她的眉发，她平平静静地走着路，也不哀伤日子已逝，也不反悔燃烛将尽，也不耽溺这艳夏薄晨的花叶，只是走着，感触到碎石子在她脚肉下一再一再地提醒，人不亲土亲。路很弯曲，像人的一生，路旁的小凤凰吐着一树的火舌，蝉的早课是肃穆的，她停住，感觉自己将走入夏日的框，如一张人物照，永远成为天地心情的一部分。"我来了。"

  正要举足，迎面走来一个不相识的孩童，他看了她，她也回看他，错肩之际，她喊住那孩童：

  "昨晚，是你在弹琴吗？"

  他点点头。

  "是什么曲子呢？我真喜欢。"

  "《致爱丽丝》。"

  她笑了，点点头表示接受，十分深情地。

  孩童转着骨碌碌的大眼睛，问：

"昨晚,是你在哭吗?"

她羞赧地承认了。

"为什么哭?"

"因为,"她望望天,说,"因为,我……生了一种可怕的病……"

"哦!"孩童十分不解,努力地想象,问,"像毛毛虫那么可怕吗?"

"天啊!"她几乎手舞足蹈起来,"当然比不上毛毛虫可怕!"这童子救了她的悬崖心情。

孩童很放心了,看到她手上的东西:"这是石头吗?"孩童拿着黑石在手上把玩,正面瞧,反面瞧。

"像什么?"她问,那幅髑髅线条正对着她。

"嗯,有一个小朋友。"

她惊觉,一看,果然像。原来她把世界看反了。百年视水与三岁观河,谁的视野深阔?她既惭愧且喜悦,有一种前嫌尽释、又被纳入怀里的感动。

"送你。"她说,告别,便落入夏的框。

回到屋子,她把凌乱的家具重新擦拭、摆置,让空屋有了秩序,不卑不亢地。累的时候,就坐在窗台边,风铃仍旧挂着,她随手去拨弄,时间是清脆的、亲切的,如一段童话。她觉得该休息了,往藤椅上躺着,叮铃、叮铃铃、叮铃铃叮……时间的健蹄驮着她，开始了生命的过程里令人难以阔步的梦游，她把这个世界的重量都托付给那一颗小小的黑石及那个孩童，自己却无忧无虑地远行着。

有一天，世界来不及叫她。

天阶月色凉如水

在陋巷，深居人不知，她说她从小是个养女。

养女这身世是问不得的！只要记得饮食起居即可；当鸡鸣桑树巅的时候，要早早起身，灶前淘米煮饭，摘一日份的菜，剁一锅养猪的地瓜菜……要记得洗衣啊！好。要记得扫地啊！好。要记得喂鸡喂鸭啊！好。当狗吠深巷中的时候，要快快汲水，急急举炊……为什么饭还没煮好？为什么衣衫还未叠好？为什么鸡与鸭还没有喂？为什么地还是脏的？你说！你说！！你说！！！

中国人一向学不会疼"别人家的女儿"，从古早的童养媳到今天的儿媳。

小女孩啊！你想到什么？你空闲的脑子里想到什么？何以你浅眉深锁？你的秀目有泪阑干？你小小固执的唇如一枚吐不出的核？虽然"吾少也贱，故多能鄙事"，但孔夫子闲来好陈俎豆，设礼容。而你呢？你空闲的脑子里好的是什么？

只是希望在仲夏的中午，有一片大树荫庇护你，你躺在石板上打盹的时候，苍蝇不要来围观你脚疮的隐私而已。

只是希望教室里老师翻开你空白的作业簿时，棍子的声音不要太大而已。

只是希望初一十五供佛之后的果子，你能恣意地捧着捧着，回你的角落闲闲地吃而已。

但，当疮疤已成痂而身世之痛开始瘀血时，那年老的郁树浓荫也遮不住你年轻心头的狂热！当练习簿已写破而你犹不能解你姓氏名字的笔画时，那棍子的声音也打不醒你少年心中的空洞！当供果的甜也抵不了泪水的咸，你开始问："人皆有父，翳我独无！"

问啊！你问七十老阿婆："地瓜菜牵得再长再乱，沿着长茎掘下，总有一粒番薯头，我的父母谁？"

阿婆说："生你者是。"

你又问八十老阿公："小鱼卵再细再瘦，总有母鱼的肚子褓抱腹育，我的父母谁？"

阿公说:"唉!养你者是。"

你却闷闷不乐,昊天罔极,而你的娘是谁?从此,你藏住世事,日居月诸,深巷人不知。

却有一日,你随人来到佛寺。那巍峨宝殿,你仿佛来过,那庄严佛相,你似曾相识,又听得梵唱声声:"炉香乍爇,法界蒙熏,诸佛海会悉遥闻,随处结祥云,诚意方殷,诸佛现全身……"你心生欢喜,却又涕泪悲泣,从身口意之所生,顶礼你自己的本来面目,对着心灵父母。

你下了决心说:"阿母,我不回去了!"

随着而来,是一个巴掌与严词厉色,你回去了,深巷里,日出日落。

而午夜梦回之际,你渗出一身孤独无依的冷汗,仿佛苦海破舟,载沉载浮。你的心遥想那日法界蒙熏,啊!诸佛现全身啊!诸佛现全身!你心生大欢喜,涕泗滂沱,于此月夜的眠床上,开始梵唱:"炉——香——乍——爇——"

当第二次你回到佛寺,又被一干人强行抓走的时候,你的噩运开始。他们下令禁锢,把你关在一间小屋子,不许踏出一步。

你犹如困兽,使命捶打门扉抗问:

"为什么关我?锁我?为什么不让我自由自在地追求生命?"你大叫!他们正在吃饭,不理。

尔时世尊问："须菩提，于意云何？东方虚空可思量不？"

生命比东方虚空更浩瀚无际，不可关，不可锁，不可思量尽！

须菩提答："不也，世尊。"

"为什么禁锢我？封闭我？为什么不让我去传播我心里的欢喜？"你大力拍打！他们正在喝水，不闻。

"须菩提，于意云何？南西北方，四维上下虚空可思量不！"

赤热之子纯然的欢喜充盈于南西北方，四维上下虚空，不可禁锢、不可封闭、不可思量尽。不可思量尽啊，不可！

"不也，世尊！"须菩提答。

你哀求说："请让我回到真正父母的慈爱里去！请让我重新学习做一个孩子，重新认识我是谁，重新做我最应该做的事！好不好？……好不好？……"他们在门外走来走去，不管。

那个月夜，你声音已哑，泪已尽，手足俱肿。你瘫坐于地，虔诚地思前想后你所经历的人间世事，哀然而叹：如断脐带、如刖手足、如丧考妣。那时，月光悄悄地转入你的窗棂，洒了一地的霜；仿佛，仿佛世界都静止了，人都睡着了，门与墙与锁也都疲倦了。你听你不息的心跳，是此漫漫墨夜唯一的单音；你借着月光再审视这客居的屋檐，难道一只碗一双筷就值得换去一生？你平心再叹，静静站起，得月光之助，将窗棂卸下，也无惧也无悔地悄悄落身而下！又得庭树之允，踏着树干为天阶，攀上围墙，翻身而出！那一夜，虽万籁俱寂，而你生命的海潮音随着你坚毅的步伐澎湃着。

如今，二三十年过去了，你对我说这些，也只是淡淡一笑而已。我看你束着的净发，朴素的衣衫与裙裾，跟形形色色的人群似无不同。但，你说："虽现在家相，却行出家事。"你的脸上洋溢着壮硕、明亮、圆融的光辉，一点也看不出挣扎的勒痕与瘀血。但也许，凡是尽毕生之力挣扎过的生命，都是这么洁净圆融的吧！

忘了问你：那夜的天阶月色，其凉如何？

叶落了

人之将老，若无忠言，必有落叶。

1. 草席

盛夏午后，我坐在草席上，喝一口茶，感觉这冷了的茶别有一股淡苦微涩；像起风的秋天，竹丛下一只小鸭被吹出毛边，乃景色中又有景色，滋味里藏着滋味。

忽然，天空响雷，我被吸引，闭眼倾听。

2. 雷

雷声令人思绪单纯,这是自小在乡间就体会的事。即使闭上眼睛,仍能看见被雨雾笼罩的平原上,一个握着黑色破伞、甫自学校归来的学童身影。银亮的闪电兀自在空中飞舞,学童兀自行走,互不干扰。

乡间偶闻农人遭雷劈之事,故大人告诫孩童不可在"摔大雨"时出门。孩童多半不予理会,依旧钻入雷雨中。于今回想,不免如此推敲:因为一派天真,所以无须恐惧;因为不惊怖,所以这孩童悠哉地成为滚滚雷动之一音,成为炫亮闪电的一小段光。

3. 鱼

雨,寒冷的雨落在小池塘上。
唯一的一尾鱼,不动。
闲闲的雨滴在接触水面时溅破,鱼,仍然不动。

4. 角落

浮世街头,沉默的角落。

我正在等一杯咖啡,隔桌两位男士热烈地洽谈生意。再过去一点,戴帽子的老先生翻阅报纸。

这时,窗外高耸的三棵椰子树在寒风中悠然摇曳,像三个高个子老朋友正在练三部合唱。我瞥见了。

我相信我是唯一看见的人。这小小的感动让我觉得温暖,仿佛被路过的神拍了肩膀。

5. 冷

我们嫌弃不已的、在人们身上抹胶水似的七月太阳,对某些人而言,是否仍旧太冷了?

6. 触电

无量下跌。结算。跳空涨停。突破。逢马必反。口水。欢迎光临。下车请按铃。网络援交。粉轻松。奋起湖便当。霜降。冰拿铁。通用拼音。病媒蚊。

短短十分钟内进入脑海的字词,种种组合,只有"霜降,请下车,奋起湖跳空结冰"令皮肤微微有触电之感。

7. 干旱

雨,没来。

明明看见那几栋丑陋大楼联手逗弄一朵云,把她弄污了。眼看就该哭了,她却复仇似的忍住。

雨,还是没来。

8. 老

把我野鹅般的油黑头颅变成银白吧,让我每次对镜,都能生出"雪夜归来"的想象。

再赐几条细纹装饰颜面,假装我是一个多么有修养的人,竟放任蜘蛛在脸上结网。

啊!老的感觉,不算太坏。

9. 斑

她锁着眉,叙述在夜梦中或在毫无防备的瞬间忆及旧情,浮现早已断讯近二十年的那人影像,遂懊恼、困惑不已。

我指着手臂,问她:"这是什么?"

她凑眼过来，看了看，答："不就是斑吗？"

"是啊！不就是斑嘛！"我说，"种种难忘因缘之后，记忆也会长斑的。"

如鹿在冬雪之日，撞上一棵纷乱的梅花树。

如马，悠然行过光影舞弄枝条的林子，遂有了斑。

10. 螳螂

布着雨渍的公交车窗，一只枯草色的大螳螂倒吊在窗外左上角。

公交车开动，一站站，车内挤满了人，显然除了我没人注意它。是死的吗？不是，因为第五站时它屈起一脚，默默回应了我。

未曾见一只螳螂用这么诡异的姿态展开这么执着的旅程，它不像好莱坞动作片影迷，自以为正在主演"不可能的任务"。

也不像为了辨认窗内一张张木鸡般的人脸，才需要倒吊。

不像忧郁过度打算自尽，不像练瑜伽。

更不像回来寻找前世的迷惑灵魂。（若是，也不该糊涂到搭乘昆虫身体呀！）公交车车速约四十公里，风竟然没吹落它，只让两根长须飘飘然。

难道，轮回转世法内含一条"加重计分"条款？

于逆风之中，如如不动，一昼夜。即能除去虫身，分发到太平盛世，化成善女子爱慕的——郎。

牵着时间去散步

天空干净,看来不会下雨。

六月,像个离家多年的养蝉人,在一个落雨的夜晚背着几篓蝉回来了。把蝉篓挂在竹子、榕树、相思树、玉兰树及七里香矮篱上,他拨开丛草,穿过结实累累的野梅树——雨把它们洗熟了,空气里有一股酸甜的香气,仿佛就是返乡浪子的体味。他一脚跨过自家门槛,身上的雨服一脱,太阳就出来了,成熟的梅子纷纷坠地,惊动了蝉。

我这样想象,觉得应该去散步。

1. 空地

才六点多钟,转角那块空地上,已站了五六个人在做甩手运动,都是老先生、老太太们。

每一个文明社会建造过程都会留下一部"土地沧桑史",一棵百年老树换成一根电线杆,湖泊变成警察局……类似这种例子已经多到无法触动我们的神经,引不起思索的兴趣。物质文明,有时是用肮脏的手抢来的。在土地的变造工程里,我总会注意那些五官不全的弃儿,也就是无用的畸零地。它们像大厨刀下的肉块、菜段,没坏,可是上不了砧板,最后被扫入馊桶。一块块畸零地,也像一条条原本狗嘴叼着却在打架时被甩得不知去向的鲜肉,就这么无缘无故地躺在新兴小区的巷弄之间、街头道路接泊之处。它们大到可以容纳一组废弃仿皮沙发、几张双人床垫,小到只够冒一簇非洲凤仙花、几根蟛蜞菊及一小条断成三截的狗屎。如果,空地是身体,畸零地就像是被乱丢的器官。

那块空地位于道与巷的交会处,原来打算规划成小公园,不知怎的变成铺水泥的三角地,花花草草都免了。水泥也铺得高低不一,埋伏了几个洼,雨后,偶见附近小孩在那儿用力踏水,乐得吱吱乱叫。空地坎坷的身世总算熬出头,变成收藏孩子童年的有价值土地,或许,比当商业区大厦的厕所好些吧!

没多久，一块神秘的厚纸板出现了，写着"免费教授香功"，时间是"早上六点"，没头没脑就这么搁在空地旁。奇的是，大家既不追问谁来教也不把纸板当垃圾清掉，等同默认这块空地有了第二春。小区管理宽松也有好处，允许大家在空地上自由创造、装扮；卖厨具的宣传单上写"产品说明，今晚八点，巷口空地"，大家都懂。谁家妈妈喊小孩，邻居说"看见在空地骑车"，她也懂。这么说来，当初没弄成小公园倒是对的。男人、女人、小孩、老人、狗儿、猫儿自由地在这块八坪大的空地出没，像一棵棵热带、寒带、胖的、瘦的花树，各自舒展丰采，空地上一直干干净净的，可见有人爱惜。

有一天，空地里面一小块没铺上水泥的小畸零地，有人种了九棵十分上进的葱。

2. 枯叶

信箱里常常出现广告宣传单，不外乎房地产、店面新开张、庆祝周年庆打折优惠、新产品问世、寻人寻狗、委员会每月会议记录及停水停电断话通知。

我喜欢看这些花花绿绿的广告，因为里面有一个热烘烘的人生。晚间无事，有时细读一礼拜的广告单，滋滋有味，竟像免费试吃各厂牌饼干般,饱饱的。

那张粉红色的停电通知在近午时分被塞入我的信箱。明信片大小,一贯的公家口吻,言明某年某月某日某时起至某时止因某事必须停电。说完就走人,不会跟你寒暄说"天气好哇、你早啊"之类。不像有些单子,一揭开就是:"猛!猛!猛!乎你够猛够勇!"吓得你心头小鹿乱跳。每回看这种公务通知就想笑,好像一个七尺之躯大男人,嘴巴捂着口罩,见人即按下录音机,放完带子也不打招呼转头就走,就这么挨家挨户放下去,身上的白衬衫从早到晚都是干干净净的。

停电是几天后的事,把通知单用磁铁定在冰箱上,记得就记得,不记得也就不记得。

某日黄昏,沿着对面的巷弄散步。平日很少走这条路,因为坡度较陡,再则出入大路在另一头,如果没缘,一年不来走走也是正常的。也不知怎的,那日午寐醒来,第一个念头就是去那儿走走。

那条小弄的住户比较"惜影",很少在路上晃动,平日大门深锁,嗅不出人味。路过听到某户传出收音机声音,也以为主人一早出门忘了关,并非有人在家。不过,各家小院的花草倒是吵吵闹闹的,马缨丹、美人樱、三角梅、玉兰树、玫瑰、非洲凤仙、紫丁香……虽然谈不上规模,倒也秀色可人。种植心理学是很值得注意的，愈是地方小愈想什么都种，每家都摆脱不了这种焦虑，景观也就好不到哪儿去。那些花草树木，仿佛是各门各派的代表，一起挤在悦来客栈大通铺，等候天明上山开武林大会。

然后，我看见一片树叶栖在停电通知上。

大概是空户，门窗关得密密的，院草没膝，石阶铺苔，阶缝蹿出一朵红色凤仙小花。没看见信箱，所以发通知的人想了办法，将粉红通知粘在门柱上。我沿路上坡，打量两岸住家，视线很快被那张粉红单子吸住。但使我停脚的，是单子上的一片枯叶，什么样的风把它吹扬得恰恰好落在那儿？由于有悬疑的趣味，我不禁好奇起来，戴上眼镜，想知道是什么叶子？

啊！不是叶子，是蝶。长得像枯叶，褐干色，静静地栖在纸上，遮住"电通"二字，只剩半"停"半"知"。我不敢走近，怕惊吓一只正在阅读的蝶，站了一会儿，见它没要飞走的意思，不惊扰它，继续散我的步。

回家后，把所有跟蝴蝶有关的书搬出来，在图鉴上看到一只跟它很像，叫"枯叶蝶"，擅长拟态，不知是否就是它？夜里躺在床上，想它为何不找花不找树，偏偏停在一张纸上？是厌倦了枯燥的体色，以为栖在那儿就能换一身粉嫩嫩的红？难道是想模拟几个字，飞到某一扇窗玻璃上，去安慰伤心人的眼睛？

次日清早，再去探看，不见蝶影。索性走近细读那张停电通知，不出所料,果然有"敬请原谅"四字。

3. 紫树

时间,像神话里的多头妖,虽然共处一躯,但每个头颅各有面目、神情与个性。一头是邪恶的蛇发女妖,嗜血,酷爱站在悬崖上命令黑暗降临;这头时间管的是现实,处处看得见她的暴力,我对她最憎厌。另一头嗜睡,她的鼾声如长笛独奏,听者会软绵绵地浮在回忆的大海里,忽而轻喜忽而忧伤,孩提、中岁、暮年的自己自由变身转化,人生可以倒退着走,也可以跳跃前行,去经验那头蛇发妖管辖不到的故事,成就了秘密。还有一头永远有着初生婴儿无邪晶亮的眼睛,她管辖的是无限能量的想象世界,奔腾、瑰丽、诡奇,你可以在里面自由繁殖故事,启动各式各样的人生,更改性别、容貌,甚至回到侏罗纪筑巢。她不像睡妖,必须根据蛇发妖所提供的人事物去篡改,她自行创造。我喜欢这头小妖,常牵着她散步。

所以,我怎能对时间忠实呢?因为这样的状态常常发生:身在蛇发妖管辖的现实疆域,却偷偷与睡妖同床,怀里又搂着那头小妖。有时,我用躯壳去装现实的痛苦,心泊在小妖那水灵灵的眼底。

黄昏刚走，夜薄薄的。到院子里取晚报，抬头看见一弯柳月，像天空的眉毛，扫得细长、优雅，要赴晚宴似的。

这么一想，干脆开了铁门出去走走。晚报随手一折，当扇子摇，仿佛火宅世间只是我手中的一扇。

因而，邂逅一棵丰饶的桑树。

有些世事、人物，就算近在咫尺，缘分未到，也是天涯。住了七八年，竟不知几步之遥有一棵紫桑。那儿原有一排废屋，靠着一面小山，后来被商人收购改建，现今是一片密密麻麻的住宅。从废址变为家居，历时五年多，这期间我从未造访，自然不知现为停车场出口的小山尽处一直住着一棵桑树。

那山被铲平了，这些年，它大约看腻了人的风景。也许是夜晚加上虫唧之故，这桑树看来仿佛栖着一座小山的灵魂。

站在树下，一股甜香如山野间的潺潺流水，忽浓忽淡地与我的嗅觉对流。借着灯光，抬头看，隐约看到枝丫上结着繁密之物，牵来一枝，细观，果然是桑葚，如高空星斗，不可计数。我从未看过如此玲珑的桑葚。像婴儿的指甲大小，许是土壤贫瘠之故。但色泽黑紫，果肉柔软多汁，轻轻一摘，桑果迸破，汁液染紫手指。作为一棵桑树，日子再清贫，也要把桑树的尊严守住。

摘下一果，含在口中，想起浩浩汤汤的江湖里，种种身不由己之事、怀才不遇之士，不禁黯然。遂以晚报折成一钵，细细摘下桑葚,夜蚊嘤嘤,似恶魔的爪牙,我两脚交互抖跳,仍沉醉于撷取这棵末世桑树如史诗般的果实。

夜正沉,纸钵沉甸欲破,我才歇手。回家后,挑拣洗净,用白瓷大碗盛着,桑葚黑紫油亮,淌着淡紫色的汁液,配上白瓷,甚美。那美,是受尽委屈之后遇到知音之喜。

次日,独享一大碗桑葚,如朗诵一首最好的长诗。

谁也无法更改蛇发女妖的航道,但是可以不惊动她,悄悄地逸走,去找睡妖下一盘棋或向小妖讨一截故事吃吃。就像童年时,我坐在门槛上,捧着小铝盆装的、刚摘来的大桑葚吃得如痴如醉,吃完,心神飘然,向着想象中的某棵桑树说"有一天,我会碰到你"果然在中岁的某夜实现一样。牵着时间去散步,说不定就捡到遗失很久的那个梦。

梦游书

有人活着，为了考古上辈子的一个梦；有人不断在梦簿记下流水账。我都算，却常常从现实游走出去；虽然很努力找一块恋情的双面胶黏了双脚，发现连脚下的土地也跟着游走了。

所以，已在现实扎营的你，不要怀着多余的歉疚鼓励我找新布告栏，还想叫人用图钉把我钉牢——在你的布告栏已贴满，又无法撕去旧海报的困窘下。让现实的归现实，梦游归梦游。生命不只存在单一世界，梦游者不读现实宪法。

我必须写下一些东西给你，若你忽然想见我，手边有一沓梦游指南。

1. 衔文字结巢

文字是我的瘾，梦游者天堂。它篡改现实，甚至脱离现实管辖。只有在文字书写里，我如涸鱼回到海洋，系网之鸟飞返森林。你一定明白，作为人本身就是一种囚禁，复杂的人世乃复杂的防盗系统。涉世愈深，经验的悲欢故事如一道道锁，加强了囚禁（你身上的锁是我所见过最多的，可以开锁店了）。宗教是古老的开锁行业，但长期幽禁使人产生惯性，渴求自由又不信任自由，就算撬开脚镣，仍以禁锢的姿势走路，镣铐已成为他的安全。人转而对死亡怀抱浪漫幻想，以"终极解脱"之名安慰生者与逝者。死亡是被迫解脱的，与初始被迫囚禁同理，毫无光彩可言。与其期待最后释放不如设法从现世牢房逃狱，文字就是我的自由、我的化身魔术、用来储藏冰砖与烈焰的行宫。文字即叛变。

现实里时间与空间对我们不够友善。你的昼是我的夜，每回谋面，亦如湍流上两艘急舟，忽然船身相近，又翻涛而去，终于只看到壮阔河面上的小闪光，舟中人的喊声也被波澜没收了。不需要跟谁上诉这种冤，众神也有它们不能逾越的法律，我早已缺乏兴趣翻案。如果，厮守意味能在现世共掌银灯相看，我宁愿重下定义：厮守即超越，在不可能的岩冈上种出艳美花园；在无声无影的现实，犹能灵魂牵手，异地同心。

不给我秩序，我去创一套秩序；不给我天，我去劈一个天。生命用来称帝，不是当奴隶。

你在无计可施时，常有缥缈的喟叹："上辈子一定是你遗弃我，才有今生等我之苦！"

上辈子已在孟婆汤碗中遗忘了，恩怨不都一笔勾销吗？若依宿业之说，你我各自偿债还愿之后才道途相遇，可见不是今生最迫切的账。我甚至认为相逢时已成定局最好；稍早，我未从现实律则挣脱，就算你我结庐，难保不会误执性格之剑，一路葬送。我们都已沧海桑田过，磨尽性格内的劣质，正是渴求恒常宁静、布施善美的时刻（有时，我反而感谢你的过去，她们为我做工，磨出钻石）。

如果要遥想前世，宁愿说我们曾是荒野上并肩征战的道义交，分食战粮，同过生死的。山头某夜，秋空的星点寥落，野风幽冥，你在我怀中垂危，说："亲兄弟，无法跟了，但愿下辈子再见一面，好多话还没说……"我答应过你，不管多难，一定见面。你看着黑夜中的我，逐渐闭目；我怀抱你，不断复述我们的约定，直到秋晨，亲手埋了你。

今生在初秋山头相逢，纯属意外。当时互通姓名握手，你的脸上布着惊愕，手劲分外沉重。我依照往例远远走避扰攘人群，独自闲逛，那是我离开职务前最后一次尽人事的旅行，人到心未到。你喊了我，我不认为除了虚应工作范围还能与你谈什么内心风景，一向坚持萍水有萍水的礼数。然而，那是多么怪异的一席话！我们宛如旧识，单刀直入触及对方的底弦，借古老的悲剧人物暴露自己的性格伏流，交浅言深了。秋宴散场，我本以为一声道别，各自参商；次日，又鬼使神差见了十分钟的面。回想这些，深切感到在即将分飞的危急时刻有一股冥力撮合我们。如果，我依原定计划缺席不做这趟嚼蜡之旅，你找得到我吗？如果次日，我早半分钟出门赴宴，那通临时托人代他去向你做礼貌性辞行的电话便接不到了，我也不会在槭荫之路寻思：送什么最适合即将赴机场的人呢？一辆发财车停下，小贩搬出几箱水果正要摆摊，遂自作主张选几个寒碜的水果，送你台湾的滋味吧！这些来得自然简单，一日夜间相识相别也合情合理，我很快转身了。直到你的信如柔软的绳索，辗转套住一匹已扬蹄的野马。那时，我正在悬崖。

回或不回？依往例，不回。你的信躺在案头，看了又收，收了重看。字句中那股诚恳渗透了我，甚至推敲，你一定揉掉数种叙述方式才出现这般流露，一信等于数信。不需要什么理由了，以诚恳回答诚恳。

"不管多难，一定见面！"忽闻空中诺！

你隶属的现实于我全然陌生，我的草根风情你不曾经验；你长我甚多，依世俗辈分，应执弟子礼，却无碍神游。鱼雁往返中有一种熟稔被唤醒，仿佛这人早已论交，曾在大漠狂沙中同步策马，饮过同一条怒江，于折兵断卒的征墟上，向苍茫四野喊过对方的名字……那么，早殇的你如今回来了，依旧男儿气概；晚逝的我住进尴尬女身，我们还能兄弟相称吗？

记得第三次见面已是次年，不约而同为对方备礼，又不约而同送了一枚绿印石，当时为这种"印证"而心惊。仲春的风雨山楼，人迹罕至，远处隐约鸡鸣，你我一壶茶对坐，沉默胜过言语；时光两堤中，漫长的流浪与幻灭，都被击窗的雨点说破。是的，说破了一匹骏马蹄躅于荒烟乱冢，墓中人魂未灭，战袍已朽的滋味；将军飘零，看宝剑被村童执来驱鸡赶鸭的滋味。今生又如何？看人去楼空，一砖一瓦犹回响旧人昵语；看灿烂情关，引路人忽然化为毒蟒噬来，抽刀自断一臂，沿血路而逃……败将无话可说。沉默里，明白自己是谁，眼中人是谁。兄弟结义也好，今之恋侣也罢，我们只不过借现实面目发挥，实则而言，你是男身的我，我是女貌的你，情感呼应，性格同源。

这样的遇合绝非赊债结账之类，苦，无从寄生。今世所为何来，说穿了不过是一趟有恩报恩、有愿还愿、有仇化仇之旅。现实给予多少本分，倾力做出分量的极限；不愿偏执残缺而自误，亦不想因人性原欲而磨难他人。任何人不欠我半分，我不负任何人一毫，只有心甘情愿的责任，见义而为的成全。

我们唯一遗憾是无法聚膝,然而这也不算,灵魂遥远才叫人饮憾。现实若圆满无缺,人的光华无从显现。现实的缺口不是用来灭绝人,它给出一个机会,看看人能攀越多高,奔赴多远,坚韧多久?它试探着,能否从兽的野性挣脱为人,从人的禁锢蜕变出来,接近了神。

是的,我遇到最好的你,得了最好的机会,衔文字结巢,与你同眠。

比大地辽阔的是海,比海洋广袤的是天,比苍穹无限的是想象,使想象壮丽的是灵。

我们的草舍不在人间,钥匙藏在文字里。当你撕开封口,有一道浮雕拱门引你进入,看见数张如织花魔毡的信笺上,我来了,喊你:跟你同桌雄辩人事;躲入书斋推敲文章的肌肤,忽然嗅得一股桂花味的寂静,转身对你说了;时而剖理一截关于你的怪梦;或只是感冒,寄几声咳嗽给你;无人的黄昏,陪我漫步,在深山古刹迷路,却撞见一树出墙杏,红得无邪;或肃穆地在茶烟袅袅中对话生命奥秘,引据过往沧桑,印证以贞静的清白通过尘渊,终究完成尊贵的今生……

使灵魂不坠的是爱,使爱发出烈焰的是冰雪人格。

多年来,捧读你的信札仍然动心。我走进雕门,尾随你看见那株"纯粹以单瓣的语言,尽情为一个薄幸的夏夜而怒放"的木兰树；暮春园径，有一道紫雾在脚下飘浮，我嗅到落英体香了；你仍以旧步伐走入繁重的白昼，为人作嫁衣裳，衣成，看见你的头发多一寸雪意；你说，转身问某个字怎么写，忽而惊觉我不在身边；深夜不寐，行至院落，中天月色姣好，不知身在何处？你说，会不会逃不过宿命的飘零，人面桃花成空？你问哪里才是原乡，载欣载奔，捧着名姓写入族谱？你说，不如学古人，长叹后将灯捻熄……

我藏在你的衬衫口袋，如同你已编入我束发的缎带里。我们分头担负现实责任，不能喊苦；亦不愿图谋一己之乐而扬弃良知——人格裂痕的爱，毫无庄严可言。我们太明白对方要典藏的是什么，故萌生比以往更坚强的力量服现实劳役；你我一生不能只用来求全彼此私情，我们之所以互相珍贵，除了爱的真诚，亦涵摄能否以同等真诚克尽现实责任，实践为人的道义。若缺乏这份奇侠精神，毫无现实底基的交往，早已溃散，不过是诸多缘灭之一，就算生命允许以百千万个面目在百千万次轮回中重来，我也不想再见你一面。缘之深义，归之于人；缘起，暗喻一种未了，去存续遥远前的一愿，或偿清不可细数的积欠。若能善了，虽福分薄，缘馨却未灭，生离恻恻，死别吞声，都能以愿许未来愿，平心静气等待另一度缘起。若缘聚时，我扬善而他人以恶相向，问心无愧后随缘灭去，一了百了。

你我身上各有数桩轻重缓急的缘法，彼此不能取代。若你倾恋我而背离其他，你仍不义；若我执着你而扬弃其他，我亦不义。爱的愿力，使我们变成行义的人，以真诚涵摄了现实的人。则不足为奇的恋爱，因容纳而与恒河等长，生命因欢心受苦而与须弥同高。你所完成的尊贵将照射我，我也拿得出同质尊贵荣耀你。两情既已相悦，人以国士待我，我以国士报之。

我们学习做出这样子的人。而后在所剩无多的秘密时光，回到空中相会。五年来草舍印心，我才肯轻声对你说：我在的乡就是你的原乡；不管往后我以何种身份与何人了结何法，宿命里永远有你一席坐榻，你可以来，与我相对无言，或品赏你分内的桃花。

让现实的捕快去搜索吧，我们如如不动。就算上回见面是今生的诀别，我亦平心静气，死亡也有管不到的地方。

如我们约定，将来谁先走，把庞大的信札交给对方保管，允诺不流入任何人眼底。我又不免遐想，有那么一天，当我们已知死亡将攫走其中一人，还能有最后一夜，把书信都带来，去找一处宁静的湖泊，偕坐，你把我寄你的信递给我，你当我；我用你的信回你，我换作你。读罢一封，毁一封，说尽你我半生，合成一场。不悲不喜地互道珍重，祝福生之末旅、逝者远途，一路顺风。

如果，连这一天也没，最后离开草舍的，记得放火。

2. 摘自梦游者手札，未寄部分

·写给你的都是杂乱句子，像从一件穿了几世代的朝服上，滴滴答答掉下来的纽扣。终于，穿衣服的没纽扣，拾得扣子的，没衣服。

·昨晚的月光叫七月半，亮得冒冷烟，跟鬼一样，没有瑕疵。归程中，一脉流云以扫墨笔法通过月，正巧嵌着，如一头飞行中的白鹰。

黑夜中的白鹰，我想什么话都嫌软弱。生命也有森冷到连自己都可杀的地步。

·累得什么也不想做，开电视，一出溃烂的单元剧，唯一可看的是，演员不知道有多烂还卖力演下去。所以，一面提示他们台词，一面替你缝一本布封面册子（闲着也是闲着）。绣你的名字时，差点把指头缝进去。烂电视剧给我灵感，你可以用这册子记疮疤。如果无疤，记痣的位置好了，画一张星象图给我。

·茑萝爬上黑铁栅，开一群五角尖的红花。安静的八月布着暴风雨，可是因为茑萝开了红花，我以为暴风雨也不过是替安静说几句公道话而已。

·风很大，一天一夜了，不懂这是什么意思？像个狂怒的将军，指挥成千上万个厉鬼。偏偏冬日阳光非常秀气，像特地赶来安抚的一道御旨，就看谁服谁了？若是我，将在外，君命有所不受。

· 经过破灭而恢复的朴素才是真的。过去已留在过去的世界，我一个人上路，渐渐走到现在的位置。没有欲求的爱，净化得不像人的世界，可这是真的。你要相信，我期待与你成就的爱，不是推你跌入深渊，不要看你遍体鳞伤。我要你壮，比认识我之前更壮。爱即灵修。

寒流来了，不管人死活。加冬衣，毛毛的，棉被很重，像个死人趴在我身上。

写几个字也是好的，没什么可记的寻常日子，喊几声，再支耳听回音；喊自己的名字，山那边也喊我的名字，仿佛山才是我，我也是山。写几句不着边际的，就是这层意思。

然后，再过一天，要分别了。仅能说：你衣服穿暖些，你三餐得照时间，你早点睡，你别跟人怄气，你忙就不用写信，你凡事想开，你要认命。

· 我们的性格在呈现上有很大差异。你常不知不觉把自己摆在容易受伤的位子——被现实人事、家国身世飘零之感、被生命的终极之谜，或过去的一段血肉模糊记忆……我无法跟你怄气，你个人的历史是从兵荒马乱的夹缝下笔，一路写遍流离与破灭。时间翻过一页了，翻不去你累积的伤痛。阴郁已变成你的气候，每一桩叙述最后都回到气候里，被第二度、第三度瘀伤（你无药可救了）。我是你的反面，你生命初期的所有否定，正好是我最初的肯定，浸润在自由、爱、安定的太平盛世逐渐淬炼一股刚，平日束诸高阁，遇事则现了武格，去处理破灭而非被破灭处理掉；时间翻过一页，那一页就毁了，永无机会还魂。我自信眼前正在写的比过去精彩，故史册保持一张，不像你皇皇巨著，还随时翻读。我们都具刚柔双面；你遇事刚，后劲柔，我当时柔，事后阳刚。你的记忆对破灭不忍断，我武断。

·质疑是一种病毒。如果你认为以虚喻实的灵交禁不起现实试探，只有两种可能：你身上还保留可被试探的空隙，故以此类推我；或，你不敢再"信任"了。若是前者，当你接受试探也合理化了试探，我希望知道真相，让我坦荡地缘灭。若是后者，我多么愿意说，我要给你一份在任何人面前都不被羞辱、讪笑的清白之爱。如果你的过去经验破坏了你对爱的信任能力，以此投影我，则你对我不敬；如果你在外听到关于我的揣测、编派（也包含你对我过往重新阅卷，产生微醋）因此而动摇，则你对自己不敬。此二者，我都不必负责。若是基于人应灵欲平衡的普遍共识而有此一疑，显然犯了"马皆黑马"的规，我更可以推诿责任了。

固然，人皆有灵欲之需，然，何人何灵在何种情境下发动何欲，人人殊异。社会对两性观念松绑，可能影响大多数人拉开灵与欲的距离，甚至扯断原先用来贯串两端的那根道德线路，灵归灵，欲归欲；灵不断萎缩，欲多方扩建。不管观念如何剧变，人终究要回到原点问：我期待拥有什么样的爱？他必须下一个"决定"，而"决定"就是实践的开始。一桩美的爱情，是经由实践得来的。美之所以成立，因在爱情里包含德行与浪漫的完整实践——双向行动、单一对象。贞诚、信任、尊敬是德行的条目；犹如"性"只是浪漫系列之一款。我无法想象灵魂不曾缠绵、欲望单独行动的事情。无灵，就等于无欲状态。我的爱情论有严苛的十诫，它是针对期望自己变成一个什么样的人而写的，若犯了戒律，就算神不知鬼不觉，也逃不过夜以继日的自我审判，那是个地狱。

爱的定力来自于德行定力。

·流言又让你低迷了吗？人给的公平，不值得你为我争取。我怎么没听到半句？若非耳聋，就是流言的姿势太低，穿过脚指头而已。

"人生苦短"，年逾三十后，对这四字惊心。人人手上一本经，谁不是自家情账自家算，各人生死各人了？赞你的，不能替你念那本经；贬你的，也削不了灵台方寸。我们老老实实相待，把美丽的记忆累起来，将来老衰了，想一次甜一次，那才是真正的本分，也总算在泡影人生里，尝到一口甜头。至于胡诌的话，有些是借他人酒杯浇胸中块垒；有的是无意间凉拌别人隐私下饭，这也是人之常情。离了谱的，或许说的人心情不佳，若掰几句闲话能出出他的气,也是功德一件。

每一个人生都短暂,每一桩感情都得吃苦。在这两条经文面前,人还能说什么?

·发现木兰瓣上的字迹转为砂黄,极惊,太美的碑铭。你叹某时某地某事物均有其不能移的意义,我虽无法目睹当时撼枝之美,然短短二日,木兰由馨白转为赭褐,字迹由靛蓝风化为砂黄,字字是得意忘言。

美不必移植,美会再生。

·我们占据沙滩,

驱逐马鞍藤,叫浪涛闭嘴。

月光是我们的蚕丝被,

睡成一个茧后,

谁也不准出来。

白雪茶树

不过是几步之隔,这边潋滟地红着,那边缥缈地下了雪。

一直希望有棵白茶树,搁院子,寒冬里开几碗白雪,冷冷对看也是好的。甚至想象,抚触茶花时,听到冰瓣发出清脆的敲击声,如吹风的黑夜,被月亮光条相互拂荡的微音缠住了耳。

跟有车的朋友提了,择空去花市逛逛吧!除此之外,没别的地方买得到茶树。称得上"树"的,一定很贵,过去买红茶花的经验告诉我,雪白比朱红珍奇。白茶树一直延宕着,朋友空不出时间是其一,花市是否陈列亦不可测。年关附近,红花讨喜,花贩摸清脾气的,犯不着大老远运棵凄白的树自讨没趣!我闭着眼睛都看得到红樱、粉桃、朱梅、仙客来、螃蟹兰……在花市张着红唇。但仍然预备一笔款子，以及坐在客厅，透过冬日阳光栖息的窗口，看到院子灯柱下，有一棵虚构的白雪茶树，隐约传来冰裂的声音。

梦，想透了可能变成真的，至于何时何地何种情境下成真，非做梦人能预知。一向对自己动念的无稽之梦感到怪异信心，反正，它总会来的，一夜之间或捆绑数年之久。遂自然而然埋首于生活的旧领域，端起日子吃饭，偶尔感到一丝冰冷的唇触，大概在遥远某地，有一棵白茶树对我动念吧！不跟朋友提花市的事了，那笔钱也挪作他用。但我知道，白茶树已经在旅途了。

忽然有一天，邻居巧遇另一位准备散步的邻居，话匣子重，两人不知不觉往附近山腰倒——那条路去过数回，除了零星平房、茶圃、猪舍，毫无景致可言。她们在半路遇到一位先生，打算往山腰一户老乡家说话去，顺道摘几把蔬菜。她们跟了，看看那对老夫妻的菜园子也挺好，差几步路而已。退休夫妇，就两口子吃饭，人生里该吵的该闹的都吵过闹过，日子是真的锅冷灶凉了。托老天的福，身子骨还硬朗，屋前屋后大片没人要的坡地，一天一人种一株菜吧，十年来够养半块台北市了。他们种菜像养曾孙一样，肥壮得仿佛棵棵都会开口喊爷爷、奶奶。老夫妻除了垦地植蔬，也随手种点花草树木，菜倒是半卖半送分老乡们下锅，花树不能吃，

牵着时间去散步

招蜂引蝶而已。

邻居商量了几棵九重葛,老夫妻不巴望挣银子,添个肥料钱意思意思。老先生还细心答应,挖进盆子后在那儿沁几天露水,择日来运。他是老父心肠,一来话别,二来家花得跟着家土入盆。孤零零地让人拎走,再美的姑娘也活不长的。

邻居一回来就宣布九重葛亲事。我问她:"还有些什么花?"她当时顾着看菜园,没仔细瞧,最主要是杂乱无章,瞧不出谱儿。我央她再走一趟,"一定有茶花!"我说。"哦!茶花蛮多的!你已经有两棵了!""我要白的。""没白的,有棵最高的红茶花被订走了!"反正有一棵就是了。

那样的山腰日子,就算摔锅摜碟子,也是遗世之音。喊了门,没人应,一条老狗窝在旧脚踏车旁午睡,刚醒,吠声夹着梦话。我径自悠游,大多果树,龙眼、木瓜、橘子之类的;花草多是耐风雨的,木槿、仙人掌、七里香、木樨、美人樱……那条狗跟着吠,用眼神跟它道个扰,不凶了。邻居正与老先生招呼,他从哪儿冒出来没留神,多了个买花人彼此明白。"你们看吧,就这么些花,没养好!"

屋旁,茶花苗出现了,苞含着,大部分不辨青红皂白,就算有白的,也不是我要的"树"。打算告辞,忽然又绕了个弯,往后壁蹓,撞见一棵茶树,累累的雪苞!

原来在这里。这山与我居住的山对看，茶树的芳龄八九年，我在那山进进出出一年半载，到今日才目遇成情。茶树找我，还是我找它呢？人梦着"梦"，抑或"梦"梦着人？

老先生蹲在菜园除草，他的背影像黑云压境。我这个落拓书生，斗胆看上好人家的千金——那么棵大茶树，任谁瞧见都想要的！

喊了他，支吾着。"……那棵，'卖'我行不行？"

他撑着腰，朝那儿觑，横掌遮住冬阳，看明白了，干笑两声。

"有红色的呀，那是白的嘛！"

这话语义分歧，劝我讨个红吉利呢，还是软钉子？白茶娇贵的。

"一直想要白的，搁院子里，您这棵太美了，我一定找不到比它更漂亮的，真是喜欢……"

他与我站在茶树旁，我伸手摘蛀叶，他退几步，不知在审花还是审我？邻居敲边鼓，像个媒婆，动之以情，说之以理。我真是无用，光会数花苞。空气凝出一层薄冰。

"你怎么运呢？"

"那那那好办，背也背回去！"我喜急。

"成。"就这么个字。

"您……您说个数目……"我心里的账册翻来覆去，准备登录令人咋舌的数字，而且不皱眉。

"三百块。"

"啊?"

"三百块,花盆你明天拿来,我挖了种,用我和好的肥土,吃两天露水,再来拿。"

我吓出冷汗,天底下哪有这回事?梦寐的白茶树就在隔壁山坡,三个道途相遇的邻居当探子,人家屋后八九年这么一眼就"成"了,只拿三百块聘金!才几个小时,相逢、问名、纳采还定了迎亲日。

辞别回家,花盆全搜出来,都嫌小。火脾气非得立刻上老街买个特大号的送去才心安,走几步,看见邻长家门口歪着一部旧脚踏车挺眼熟的,想起来是老先生的,冒昧进去探看,果然在,说明上街买花盆,待会儿直接送去,他拂了手:"我一道儿办吧!正巧要上街买。"连路也不要我走了。手忙脚乱塞了钞票,赶紧溜,怕他还要找钱。

说好周日一起去运花,当天午睡醒来,忽然看见白茶树站在院内窃笑!难道五鬼搬运?邻居说:喊你,没人应,一定睡着了,我们跑两趟车,花都开了,最好的一棵被你得了。

碗口大的雪茶,从客厅的窗口望去,像千手观音在黑夜挥白手绢儿,有时像烈性女子自裂肌肤,寒流中剥出银铸的自己。人寻找梦或梦寻求人,一旦成真,都让我心痛。

雪夜柴屋

把父母赐我的名姓，还给故乡。

山川曾经濯我面目，我终究不能以山为冠、以水为带，做一个樵夫钓叟。

此时，我仍是无名姓之人，寻找安身的草舍。天地如此宽宏大量，我终会找到自己的卧榻。

春花锦簇，让给少年、姑娘去采吧！这世间需要年轻的心去合梦，一代代地把《关雎》的歌谣唱下去。不管江山如何易容，总会有春暖花乱，这是江山的道理，它必须给年轻的心一处可以寄托的梦土，让他们毫不迟疑地拎着梦，去找梦中人。

夏风蛙鼓,让给庄稼夫妇去听吧!柴米油盐的日子总要有人去数算,这世间才会有壮硕的孩童。土地不管如何贫瘠,它总能种出可以果腹的粮食,这是土地的道理。只要还有最后一户庄稼夫妇愿意胼手胝足,石砾土地也能养出健壮儿女的。

秋夜的星月,让给寒窗士子去赏吧!经籍固然白了少年头,那些千古不灭的道理总要有人去说破,这世间才能懂礼数。

腊月的冷冽,让我独尝罢!

我愿意在这方圆百里无村无店的山头,搭一间简陋的柴屋,储存薪木,在门前高高挂起一盏灯,招引雪夜中赶路的人,来与我煮一壶酒。

我是个半盲的人,不论是尊贵之身,还是白丁流民,都请进喝酒。

我是个半聋的人,不论是江湖恩怨,还是冤家宿仇,既喝酒就不宜多说。

我是个半哑的人。人的故事,山川风月比我更清楚;要听道理,士子僧侣比我更了然;要问路,樵夫钓叟比我更熟知。

你若问我姓名?我说,柴屋、青松、白石、雪暮,随你称呼。

你若问我,走的是哪条路?我说,是哭过能笑,记时能忘,醒后能醉的那条小径。

你还要问我是什么样的人?我说,是个春天种树,秋天扫落叶的人。

你若要不知趣地往下逼问我想要做什么？我便抽一根木头，给你一棒，说："想打遍天下问我这话的人。"

路在掌中

走路的人，路在脚下；铸路的人，路在掌中。

我想，世上只有两种土，是值得用血脉偾张的手掌去紧抓的：一是故国家园的乡土，一是心灵净土。

想象当时是何等炎热的烈日，没有游人，挑石的工人也不禁躲在树荫处，摘笠引风。独独这一群安静的师父，顶戴着太阳，蹲伏着，一支铁凿撑住一身心力，慢慢地把平滑石板，镂出一丝一缕痕迹！

有汗如雨，沁入土中，好软了石泥，雕得更深密……

有瘀血在掌，就让它硬成茧，好凿尖处剥出细丝！

日在午——

仍旧铸去,要铸一条比岁月更久远,比星辰更幽邈,比盘石更坚固的路!

日已暮——

没有赞赏、呵掌,路在安静之中展开,辽阔且平坦。纵的镂线是纬,横的是经,这经纬之间,还有青翠的绿茵是带路的浪,引迷津的舟子,一步步航向巍峨的大雄宝殿——姑且称之"成佛大道"。

我看游人如织,走过这条路,照相也好,奔跑也好,嬉戏也好,或者是到大雄宝殿进香也好,没有人知道这条路是如何打造铸成的了!

但,众生的脚步一直没有断过,在铸路之后。

榕树的早晨

早晨的仁爱路四段，已经被车辆及行人分割得体无完肤。照说，台风才刚走，又是大清早，断枝落叶的行道树所勾勒的街景，应该带点沧桑味儿，再踱来几条踯躅的人影，一面啃油条烧饼或饭团什么的，比较像台风扫荡过的人生。可是，眼前的景色却不是这样，断树、倒地的摩托车固然保留了昨天的强风的迹象，光鲜亮丽的上班族群却一个比一个匆促，好像风雨不曾来过，昨天的事儿谁还记得？

有时，台北的活力令我心悸，不带感情的一种决断性格，昨天才发生的事儿，到了天亮，仿佛有上辈子那么远。生活里少了余韵，永远必须横冲直撞，一路甩包袱。这种没有包袱的都会生活，固然冲得更猛，却无形之间，使每日的生活变得零碎、切割。今日不负担昨日留下的余韵，明日也不储存今日的记忆。赶鸭子逃难似的，脖子想往后扭，脚丫子仍然向前。

像我这样晃晃荡荡在繁华的大街上，一定很怪异吧！他们不知道我闲晃的道理，正如我不明白他们拔腿过马路的狠劲儿！我站在穿越道口，拿不定主意往对边踱呢——那儿有家"圣玛莉"，出炉的面包可以稍微安抚空胃；还是往下走，"九如"或许有些咸汤吧！迟疑之间，已经送走两批过马路的，有人瞄我一眼，机械式的，不难从一瞥眼光读出他的问号：大清早的，站在穿越口，不过马路，又不叫车，等什么？在台北，迟疑是很怪异的，目的性不明显的行动好像碍了别人的脚程。

我应该上银行的，上一个约结束得太早，空出半个钟头等银行开门。深谙台北生活体系的人都知道，如果出外赴数个约，最好事先算准约会时间及交通距离，以便紧密联系每个约会不浪费分毫时间。所以，常常听到这种话："我只能坐二十分钟，待会儿还有一个约！"意味着：公事、私情都得在二十分钟内谈完。有人特地佩戴闹铃手表，嘀嘀咕咕地像个孔武有力的保镖，时间一到，把主人绑架了。刚端来的热咖啡才啜一口，对方已不见人影，烟仍然傻傻地浮升，精致的瓷杯尚不清楚刚才的唇是男是女？

牵着时间去散步 —— 107

我也学乖了，出门前清出一张纸条：七点三十分"芳邻"早餐约——九点银行活储、票据代收——十点购礼物——十点半，找家幽静的咖啡店校书稿，回这周的信件——十一点二十分邮局领汇票、大宗挂号——十一点四十分"富瑶"一楼，礼物交给 F，书稿交给打字行小弟——十二点"富瑶"二楼，文学奖评审午餐会，顺便把新书给 W，与 C 洽电台访问事——两点半，去看电影或倦鸟归巢。我应该上银行的，现在。空出来的半个钟头，前不着村后不着店，分外漫长。今天的行程，昨晚已全部规划好，脑海中的仁爱路、忠孝东路地图已布了点，我只要一站站地报到，把东西交出去就行了。但，总有些不能掌握的时间，变长或缩水，使依赖一张设计过的时刻表的我，不知所措。

在这个空隙，容易感到人生的无奈。回想都会生活紧紧攫住了原该闲适安逸的生命，不免浑身迷惘。本来行到水穷处，应该坐看云起时的，空下的时间却不够闲坐，只够孤魂野鬼似的晃悠。

落单的经验多了，我又学会另一种乖。随着路线行进，憨憨地找个地方晃；有时是古玩艺品店，进去摸几块玉、几方印石，跟老板扯点儿天南地北的话，若言语生味，对方延入小室奉茶详聊，马上敬谢告辞，取张名片后会有期。一沓稀奇古怪的名片就是这么来的，不乏"旗袍定做""水族馆设计""都彭调音"之类，一辈子用不着的片子。

换一种心境，体贴大都会的浮世，有时也会获得意外的惊喜。渐渐，能在瞬息万变的台北大街，捡到一点点生活的余韵。既然，时刻表不能不带，行进之间的心情，总可以自己换季吧！

我放弃"圣玛莉""九如"的早点，提一只大皮包，开始半个钟点的晃荡。就在"宏恩医院"门口站住了——我本想进去逛逛，看一大早病来病去的脸，又担心最近身子较虚，禁不住空气中药味的熏，作罢了。一旁有辆老式脚踏车，后座载了个木框，里头十来盆榕树盆景，吸住我的眼光。没看到卖树人，扯喉咙喊了，没人应。医院里走来一个壮硕的白发老头，我以为是抓完药的病号，没搭理，他却呵笑着："买树呀！自己种的自己种的啦！"浓厚的闽南音，硬硬朗朗的庄稼味儿。我心内发噱，若刚才我进去逛，与他照面，出来又与他买卖，不成了一老一小两个无聊人吗？"大伯公哪，"我用家乡的敬称说，"你去看医生啊？"他大约太久没碰到陌生小姐用老称呼敬他，马上不见外地说："呒啦，去放尿啦！""好所在哦，做生意，人家厕所替你设好了！"我说。他笑得很开心，好像不卖一棵树，光上大医院的厕所，也值得来一趟的。

老人家话匣子一开，儿子三个、媳妇两个、孙子小学三年级……统统出来见面。他儿子做盆栽批发的，生意有够大，自个儿苗圃一大片，忙得跟"灰"一样（像灰尘，风往哪吹，就往那儿飞），他在家无聊极了,叫儿子端几盆回家,天气好,他出来蹲卖,儿子很不满意,老叫他在家里享福嘛,干吗怄着脾气出来卖树?"我一天赚的,够你卖一年了!"他学儿子的口吻。

当然不是钱的问题,是在两端时间的空隙里迷惘的事;过去的庄园没了,百年安眠还未到,总不能成天坐摇椅等着。他牵车出来卖小树,意不在树,大约碰到像我这样可以开话匣子的人是最乐的。

"这个种三年的三百算你一百,八年的五百卖三百,十二年的八百算五百就好啦!"

我听得一头雾。框内的盆景排列参差,搅不清年龄。"慢点慢点,大伯公,一盆一盆来!"我放下大皮包,空出两手,袖子也卷了,把十来盆树搬到地上,"这盆?""一百的!种三年了,三百元。""哦!原价三百,特价一百!""对啦对啦!"我依盆景大小、茂盛状况重新归类,前头一百,中间三百,后面五百,一目了然。

"嘻!看你小粒籽(身材娇小),会做生意的!"他颇刮目相看。

"这盆呢?八年的还是十二年的?"那树绿叶茂盛,盘根肥硕,五爪鱼一般咬住泥。比八年的大,又比十二年的小。

"随便随便啦!你要的话就算你八年的!"

"好!如果是八年的就公平嘛,若是十二年的,算你送我五年嘛,看我以后会不会像大伯公一样有福气!"

平白多了一棵树,时刻表上没注明的。"你记住,浇水就好,不要给它吃肥,会咸死哦!"他很认真地叮咛。

我往前走,他又喊:"三不五时,抱出去晒日头,浇水就好哦!"

我走得有点沉重,好像无意间动了一点真情,说不上来是哪一类的,好像不陪他多说点话,就是狠心的人。

银行已经铁栅大开,原先以为空出半个钟头,现在却缩去二十分钟。也许杠掉选购礼物的项目,取消与F的会面。早晨破了格,却也因为榕树的缘故,多了十二年。

寂寞像一只蚊子

虽然把纱窗关得死死的,室内一日一回洒扫干净,还是看到蚊子优哉游哉打眼前飞过。

通常只有一只。急忙搁下手边的事,随手卷了纸,戴上眼镜,四处侦察,发现蚊子停在悬吊的灯叶上,蹬个蹦,挥动纸卷,猴儿样,蚊子优哉游哉一路飞进卧房,看来不像被我震走的,是它自个儿散心去的,更伤人自尊。卧房里衣橱、书柜、床榻都大剌剌摊着,也不知道蚊子躲到哪件衣衫裙裾?常爱穿黑,这贼一定钻到黑色里。随手关上卧房的门,算是将它软禁了,回到书桌前,才发现手上的纸卷是正在撰写的一张稿子,墨汁未干,标题与首段文字相印成"寂寞像死死打只蚊子",这题目有味儿,耐嚼,可是不宜采用,难道还需要一只蚊子来修改我的标题吗?

　　我重新铺好稿纸,把能用的字儿给搬过来,那张稿子随手揉成一个小胖梨丢到字纸篓里,我开始思索"寂寞"这个问题,脑海里浮现一连串的画面,有的甚至荒谬怪诞,看来都不宜落笔。到底寂寞是什么?忽然非常模糊,我沮丧起来,像罹患健忘症的人对着镜子却叫不出镜中人的名字!又开始玩起猜谜:寂寞是什么?它可以吃吗?会不会缩水?会不会沸腾?每个人都有吗?它是一种癣吗?它会传染吗?把它放进咖啡,会溶解吗?假如一个寂寞的人跟一个不寂寞的人在一起,是寂寞的人变成不寂寞,还是不寂寞的人变成寂寞?一个人的时候容易寂寞,还是多数人的时候?它是不是数学名词?寂寞开根号等于多少?寂寞的 N 次方还会等于寂寞吗?远古太初,第一个发现寂寞的人是谁?他在什么状态下发现的?也许是在河里猎鱼,没猎着,忽然看见一条鱼甜甜地睡在水里,动也不动,他使劲用力一刺——原来被水光浮影欺骗了,刺到一只肥肥的脚板。那种痛到骨头失散的感觉,也许就叫作寂寞。(这么说,寂寞带了点痛!)

　　或者,在旷野上,被一头野兽攻击,他徒手搏兽,一身肌肉乱蹦,龇牙咧嘴,汗水奔窜,好不容易把猛兽治死了,自个儿的心窝也捣了个穴,血,大碗大碗地流,他仰望美美的蓝空,想一小段儿心事:"好可惜哟!不能把兽扛回去!生柴火的女人们,眼睛守着莽草路,等待莽草摇啊摇啊摇动起来……"这时,他流了一滴泪,长长地叹出最后一声气息:"啊!寂寞……"(寂寞与绝望孪生,我想。)

也可能是女人发明的。某个燠热与冷酷交流的夜,在栖身的岩穴内,欢爱之后,鼾声把空气吵得更燥。女人睡不着,听到远处传来断断续续的狼嗥,她爬出岩穴,赫然看见一轮惊人的月盘,晶亮得带了杀气,流动的光芒将四野照成覆雪之草坡、银铸树林,也将她爬行的裸体烘烫了。她那无人探测过、莽林一般的内心忽然悸动起来,惊觉到夜半的狼嗥实则是她体内分裂的声音,她艰难地撑起身站起,在银白的月芒之下,骨与骨撞击、血与血冲激,她咬牙忍住体内一万匹饿狼被芒剑一一刺杀的痛楚,直到夜野堆满了银色的狼尸,而她不再是喝血蛮民、噬肉的人兽。岩穴之内,鼾声将蔽体的兽皮与搁首的石枕煮熟了。她俯视熟睡中的男体,幽微地发声:"无知的兽……啊!寂寞的人啊!"(寂寞是从蛮荒蜕变之后,再也找不到同类的孤独之感。)

我打了冷战,老实说,不喜欢陷入如此惊怖的想象中去推敲"寂寞"的原始字义,并且开始后悔答应写"寂寞"这类跟自己犯冲的鬼题目——我正在学习过快乐生活呢。下决心取消这次邀稿,杂志社那头响了二十几声空铃没人接,白日花花怎么着不上班?

都猎犬一样出去搜"寂寞"这只臭袜子了吗？忽然想起今天星期日，他们必定窝在家里过美日子，我吃味起来，为什么大好天气我得绑在书桌前写"寂寞像一只蚊子"这种乏味文章？

蚊子！

我想起那只蚊子，差点忘了，它是怎么飞进来的？

从早晨到现在，只开过几次门：取两份早报；上市场；中午，下楼取挂号信，大门虚掩了一会儿，蚊子就进来了？会不会是下午来访的客人留下的？蚊子躲在衣领里偷渡进来，人走了，蚊子忘了走？每种可能都无从查证，蚊子打我眼前飞过是个事实，我真嫌它，但不能找人抱怨："看你留下什么好礼物——一只蚊子！活的！"这责词不够理直气壮，恐怕对方怀疑我患了都市性忧郁症，或是独居太久染了洁癖。除非生活在真空管里，否则拒绝不了蚊子。可憎的是，把蚊子带进来的客人，通常不会被它叮到。我感到无趣，"寂寞"的稿子理不出头绪，蚊子也不知道躲在哪里？决定吃晚饭、睡觉，一切明天再说。

半夜，被蚊子的声音吵醒，我确信就是那只蚊子。

正在进行一些梦，随着情节远走高飞，我在梦中尽情地野，抛弃现实之桎梏，甚至不记得曾在现实世界存活过，说真的，这对时常在生活中感到疲倦与反感的我而言，实是美妙的解脱。忽然，细微的嘤嘤声绕耳不去，非常粗鲁地插播到梦境里，梦开始摇摇欲坠，人物与场景失去控制，立刻像战乱中奔窜亡命的人潮。我眼见梦境崩塌，丝毫无力挽救，意识跌入梦与现实的两岸之间颠荡即将溺于险恶的深渊，我开始知道梦已瓦解而现实的涯岸遥不可及，在非梦非现实的罅隙中痛苦万分，我奋力挣扎，使尽全力迎头撞向现实记忆建构而成的铜墙铁壁，终于跌到卧室里，床榻上，进入那具使用了二十多年的瘦弱女体内睁开眼睛：美丽的梦永远消逝了！有一种哭泣的感觉充塞胸臆，永远消逝了，毁于一只蚊子贪婪的唇齿声！从来不曾像此刻一样，对一只蚊子萌生杀机，带着复仇泄恨的决心。但，室内阒寂无声，除了我的呼吸。

捻灯，凌晨两点多，闹钟里，三只针被关在圆形的旷野上互相追杀，也许是头痛的缘故，竟然觉得时间非常残暴。在这种胜负未决的时刻，所有的生灵都应该乖乖躺在他们的方块积木上假死！我感到有一条血管像鞭子一样正在抽打我的脑袋，这使我更加认定，活着其实就是一种假死，被关在时间竞技场内观赏时针与分针、秒针的比武，等待终场胜负，鼓掌之后离席。而事实上这是一场永无止尽的欺蒙之戏，恶意的愚民政策。如果，此刻我是唯一揭穿骗局的人，我的下一步是什么？颠覆非睡即醒，非梦即现实的逻辑吗？抑或，在认清真相之后也难逃这些游戏规则？我不确定醒过来要做什么？我不确定我真的是谁？昏黄的灯光把四周象牙白的墙壁映照得像腐旧而荒凉的幽冥废墟，我所寄居的这具女体自从罹患严重的散光视障之后，使我看到的景象无时不在扩散，此刻尤其浮动得厉害，这产生一种错觉，我以为自己正坐在不冒泡的水族箱内！壁上悬挂的空衣架，看来像一个无知的"？"掉入丑陋的"△"中不能自拔，这道用来诅咒人生的鬼符使我头痛欲裂？吊在窗钩上，一个布制的小男童宛如悬梁自尽，他背对着我，头部一片空白，像没有脸的小孩，满腹冤屈地对我控诉，仿佛我曾是一个邪恶的母亲，拿毛巾拭他的脸而用力过猛，把他的五官抹得干干净净……我感到全身布满冷刺，竟开始颤抖，我怀疑自己身在何处？在梦的黏蝇纸上逼视刻意被自己遗忘的前世罪恶？还是在一片叫现实的剃刀边缘预设即将溅身的血腥？我呆滞地凝望一壁堆砌整齐的书册，希望寻获任何一丝温暖的记忆带我脱离恶地。那些不同世纪与国籍的作者曾以文字为灵媒与我亲密地交谈过，我贪婪地再次呼唤他们的名字就像干渴的小鹿寻找溪水，而当我发现镌着我的名字的一排书册正冷冷地取笑我时，再也忍不住哀哭起来："没有希望了！没有希望了！一座灵骨塔而已！一块块墓碑而已！"

就在活着的自己与死去的自己辩论哪一个才是恒真的时候，手臂被吮出一块红肿，蚊子！

一定是蚊子！

那只害我几乎崩溃的蚊子！

我确定自己完全清醒了,手臂上热辣的痒意比什么理论都真切,在脱离恐怖氛围之后,等着暗杀一只蚊子的念头大大地振奋了我。象牙白的墙壁非常适合观测,我框上眼镜,看见它停在天花板上,又迅速飞绕几圈,企图甩脱我的目光,当然,它万万料想不到,夜半无声,蚊嘤好似一架轰炸机!我坐在床沿,一动也不动,故意捋高两袖,好让体温迅速扩散,以人血的甜腥美味刺激它的感官。果然,它贼贼地朝我飞来,停在被人气烘暖的墙壁上伺机放针,我仍然不动,悄悄地以掌贴着地板,消灭手温,慢慢竖掌,移近,屏住呼吸,拍壁!移开,白壁上溅出一摊鲜红的血,掌心也染了一颗朱砂痣,它确死无疑,我狞笑起来,一只吸吮我的鲜血维生的蚊子终于死在我的掌心。血渍渗入白壁,拿抹布使劲擦拭,总算把蚊印灭干净。继续睡。

躺在床上,了无睡意。我真的打死一只会飞的东西名叫"蚊子"吗?既然失眠,干脆回到书房揍扁"寂寞"那篇稿子?如果"寂寞"会飞、会流血,事情就好办多了。这个念头振奋了我,赶快在原稿上续笔:"寂寞像一只蚊子,孳生在自己体内的,深更半夜才飞出来报仇……"

我终于没把稿子写完。打算天亮以后,挂电话跟杂志社编辑说:

"打死一只蚊子,算是交稿了。"

风中的白杨树

秋天，藏在蓝色天空某一群白云里，悠游着，寻找落脚之处。小城处处可见野雁与水鸭，闲栖于湖上或在草地阔步；秋天，裹着冷气流的秋天必定藏入湖心，沁凉了雁鸭的羽翼，随雁阵低空而飞，洒落于群树、屋顶及绿油油的草茵上。

于是，在你挥汗躲避艳阳的时候，一夜之间，一小片秋天来了。

只是一小片薄薄的凉意，几乎不易察觉。白日仍是纯粹的银亮与无瑕的蓝空——这里的天空像善良天使很少阴沉，但日落之后，接手的必是那一片沁凉；它悄悄繁殖，随月升而增厚。明月高挂中天，一轮清辉在树影间显现，召唤凭窗不眠的人：来，月光下散步吧！接受诱引的人才开门踏出一步，立刻缩回屋内，取衣披上。夜像一只黑水晶冰桶，那钻亮星辰与银铸明月，如今都浸在肉眼不见而肤触可知的波光粼粼般的秋意中。

接着，树群变了。这小城酷爱大树，放眼望去皆是参天绿云，忽然，几乎是一夜间但想必经过数日埋伏，树群像学童翻书至同一页，一齐翻黄。每日的生活舞台不变，孩童仍在同一时间排队等待校车，上班的人仍开车经过同样街道，但城市换了布幕，黄金力量降临。这力量如此澎湃、柔美，敏感的人可能在某一个早晨起床后被院子那几棵黄澄澄的大树吓住，即使低头忙碌的人也撑不住这一场美的骚扰，总会自车窗探头，巡赏车道两旁的参天绿云如今变成金色海岸。秋天，确实定居了。

夏日未尽，朋友即提醒我们，此地秋季最重要的美学布道会是上落基山赏白杨树黄叶，这是不能错过的年度盛事。其慎重之状近似告诫，仿佛错过约定尚可原谅，错过美的召唤等于犯罪，该坐一年心烦意乱的牢。

白杨树（Aspen），在台湾城市乡间不易见到，对我是陌生的，印象中，曾在画家笔下及摄影作品见过，是具有艺文气息的树。这小城群树繁茂，各展丰采，偏偏不见白杨踪影。想必这树自有哲人隐士性格，不爱见人。我们从友人的眸光中读到对白杨的崇拜，那赞叹的语句像火苗在我心内窜动，一寸寸烧去印在记忆岩层的夏季绿色景致——我觉得够豪华了，不相信还有比夏天更美的时候。朋友一再强调夏秋之异，又提了几次白杨名字，仿佛秋天只为这树而来。

一个有阳光的秋日，我们再度驱车上山。才过公园入口处，四处分布的黄金色块吸住游人眼光。

隐在无边际松林杂树之中的白杨，春夏两季披着同色调绿叶躲入茫茫树海不易被察觉，但秋寒一降临，如美神圣殿里的血缘鉴定，毫无疑问地，这潜逃至民间隐入农樵行列的王子脱去绿布衣现出天赐金身，光芒震慑群树不可逼视，纯正血统令他无所藏于天地之间，无须任何语句，只一眼人人知道他是谁。

上山赏叶的游人络绎于途，显然都知道醉人的赏叶期仅短短十日，若第一场雪提早来临恐更短，金叶将落尽而剩枯枝。这是公平的：美，从来不等任何人，除了把握别无他途。我们停在一处宽阔平野，杂草丛生；远望可见落基山巅终年不化的积雪，蓝空中白云悠悠。在这儿，时间这辆囚车仿佛被卸下轮子、肢解零件，废木条被野鹿践踏，任雀鸟涂污。关在囚车里被折磨得不成人形的囚徒才踏出步伐，顿觉手铐脚镣砰然粉碎，身心轻得像蝴蝶，不免责怪自己："被关这么久都不抗暴，怎把人生过得这样狼狈？"踩着野草向前，视线停驻处是暗绿色高山，山脚下一排白杨树林，现出纯粹无瑕的黄金色泽。

在美面前，任何人都无话可说，唯有一步步朝圣。

斑白直立的树干显得高挑，圆币形叶片十分平滑。一排白色骨干开展如恒河沙数的金币之叶，纯粹且尊贵，于高山秋寒中窸窣低吟，因风而飞，自成一绝美世界。置身其中，仰望阳光下这金碧辉煌的小天地，瞬间，我的心被美充满，如在圣殿。顿觉白杨树一年一度说法，对他人说的是韶光易逝，生命苦短；对我说的是，即使世态混沌江湖炎凉，即使知音离席读者弃绝，即使门前荒草没膝枯枝挡路，一个文学国度的人也应守护纯粹且尊贵的心灵。没有任何人观赏，白杨依然是白杨，遗失读者的作者不遗失自己的笔依然是作者。一世总要坚定地守住一个承诺，一生总要勇敢地唾弃一个江湖。

山上寒风刺骨，不宜久留。我贪恋这场美的洗礼，频频回顾，心里向他话别：

"美啊美！永远永远，不要遗弃我！"

风中的白杨吐露黄金语句，落叶随风而飘。我捡了几片金叶放入口袋，当作他刚写了一首短诗赠答。

叁

红尘亲切

人生在世,种种浓淡、轻重的情感皆须经历时间火燎方能证成金刚不坏。朋友如此,夫妻如此,血缘至亲亦是。

红尘亲切

空法师是我们穿黑长衫的好朋友。

自从一把利剪,剪去二十五年的女儿身之后,他是穿百衲衣的大丈夫,自是已破"男女之相"了。因此,言谈举止之际,看不到娇憨媚态的女儿熏习。倒是行住坐卧之中,掌风习习,妙藏物色;提足成步之时,如矿出金,如铅出银,十分洗练。

当然,更难猜测的是他的年龄,多少年的梵行修持之后,年龄已不能腻他。有时候,他很老练深沉,好似几百岁;有时候,又很年轻,跟我们这些没大没小的儿郎们一起调皮捣蛋。既有老年之识见又有少年之胸襟,他,乃是个忘年僧。

如果，您偶然地在路上与之相遇，错身的刹那，您以珍禽异兽的眼光看着他，他必然也会稀奇古怪地回顾着您，你们两相诧异，世上竟有如此这般人！然后，缘尽。若您一霎时觉得：这位行僧颇具庄严相好、书卷气质，因而趋前问讯、请益，恳恳然；他一定原地止步，合掌回您的礼，谦谦然。然后，听您把身家性命、祖宗三代统统讲完，一起与您研讨、切磋、提掇、点化，务必要把您的过去心、现在心、未来心统统安止住了，才领首让您走。很难说他是冷情还是热肠？不过，倒有点像深山野谷的清泉，随缘随喜，无情游。

关于空法师的野史轶事颇多，用"千变万化"来形容最巧。

吉老——空法师大学时代的学弟，有一次慨叹：

"这个空法师！他大四那时拼着命念书，拿了九十多分的成绩，程度……还是看得出的。剃度之后，更用功了，可是，境界还是有限。现在……"他叹着，"唉！……"颇有"汉之广矣，不可泳思；江之永矣，不可方思"的苍茫神色！

可是，慧姐却说："这个空法师，办起事儿来真让人一头雾水！"

怎么着？比如说吧！有人打电话来交代："喂！空法师，请您务必转告小慧，明天下午的约会取消了！"

空法师："嗯！嗯！嗯！没问题！"挂断电话之后，碰到慧姐，

红尘亲切 —— 125

便非常尽责地转述：

"小慧啊！某某人要我告诉你，明天下午的约，务必不要忘了啊！"

结果自然是："有一只鸽子在街头死得很惨！"

慧姐气咻咻地找那人理论："什么意思？放我鸽子！"两人争执指责正在兴头，难分难解之时，这个空法师看到了，一个箭步上前劝道：

"什么事？什么事？自己人有话慢慢说啊！"

此二人见元凶祸首已到，自然各执一词质询而来非求得水落石出还我清白不可！空法师听了听，反身一问：

"真的吗？我不记得了！"这话怼的是，八风吹不动。管你什么样的热架，到此都变得索然——无锅无灶光有一把火，炒什么？

所以，我们一上山，慧姐事先就叮咛：

"你们需要什么东西，最好列一个单子给空法师，否则呀，你要一沓稿纸，他会给你一包卫生纸！"

但是，据我们观察，空法师从来没有接错线、传错话，照顾入微、呵护备至自是不表，连我们短缺什么，他都筹措周到。因此，照我的忖度，空法师大约烦于这些大人"以假乱真"的习惯——一句真话必须掺以九句假话，说出来才不割喉、不嘴腻，十全十美。

所以，他也就真真假假随它去也，不当心。换作我们，一起孩子罢了，啥心机也无，反倒有"弄假成真"的本领，这跟佛家所云"借假修真"的妙理暗契密合，难怪他假假真真都如如不动，对我们丝毫不轻心。

原来，精明练达或糊涂痴迷，都只是一念，随人随化罢了！

对志铭来说，空法师是他的知音。志铭的歌唱得很好，一曲《燕子》，声情合一，麻雀不敢飞；但是，空法师不鸣则已，一鸣惊人，唱起《海韵》，可谓惊涛骇浪，鱼龙尽出。然而，歌得娱人，亦能愚人：

当年，空法师在日本东京大学攻硕士时，有一次随旅行队到各地古寺参访。游览车上，大伙儿又叫又闹，玩起歌唱大赛来。一时，各种俚俗之曲、民谣之风统统出笼，吵得他无法看书。尤有甚者，旅客竟忘了"宁动千江水，不动道人心"的明训，联合起哄，请空法师高歌助兴。

我们都捏住一把汗，问："您……您怎么办？"

"我……"空法师不抬眼不举眉，说，"我就站起来，麦克风也不必了，就唱——"

"您唱什么？"这种场合，木鱼磬鼓俱无，诵起经来白落得顽劣众生乱掌嘘笑，真险！真险！

"我就唱《王昭君》！"

"啊！"我们一惊！那个平沙落雁的《王昭君》？这……

这……这……他们不成了"胡人"了!

"把他们吓坏了,不敢再唱歌!"空法师牵袖掩笑,说,"那么,我也可以安静看书了。"

我们都哈哈称妙,好一招"以其人之道还治其身"啊!王昭君若地下有知,必定惊坐而起,甘拜下风,说不定,还自毁琵琶!

可是,当他对我们唱起小小童谣时,那正襟敛容的慈颜,又有爱恋无限:"一只细只老鼠仔,要偷吃红龟仔粿——"轻歌浅唱之中,他好像回到了她小女孩的童年,在宜兰的乡间,在半夜的月辉之下,真的看到一只饥饿的小小老鼠,在偷吃她藏的红龟仔粿。而她没有惊动它,它也没有发觉她;它在吃饱之后溜回洞内休息,她在看痴了之后也回到床上睡下,相安无事。于是,这只老鼠变成他心中的至交,他把这故事唱成一首歌,唱给没有吃过红龟仔粿的儿童及老鼠听——在那个月夜,众生是平等的,而宇宙亦于刹那之间和平地睡去,所有的人与所有的生灵,都只是一岁与百岁之别的小小顽童而已。

空法师学的是禅,寻常饮水、平日起居之间,常可以从他身上体悟到一些禅机妙意。但他不曾刻意着力于语言文字,一言一字皆平常心而已。因此,下根者听来,只不过是薄言浅语,中根者听来,若有意似无情,上智者听到,若非一番寒彻骨,可能也要直须热得人流汗了。

尚在佛学院就读的永宽师父,有一天到寺里帮忙法会,忙进忙出地张罗诸般事宜,正跑得满头大汗,站在一旁的空法师,得了空隙便轻轻飘给他一句话:

"永宽啊!慢慢走,不要匆匆忙忙!"

永宽师父告诉我这些时,其神色之凝重不可比拟。

我没当它一回事,宽慰他说:"这话没什么嘛!他只是关心你,怕你绊倒跌跤罢了!"

可是,永宽师父听在耳里,却另有木铎之音,回去参了几参之后,顿觉狂风骤雨打掉眼前迷沙,欢喜道:

"现在,我懂空师父的意思了!"

一句话,便藏着师兄弟间互安身心的密密意,这比十数张的纸短情长,更要有味哉!有味哉!

轮到我这个勘不破无常之谛、犹然迷醉于情天幻海之中的人受他当头一喝,是在约他一齐去逛书店的那天。

那天,我穿着一身黑衣黑长裙,与他的黑长衫颇有异曲同工之妙。只是,我的衣服上绘有彩色的人像,在黑色系里显得十分惹眼,他看了我一眼,笑着说:

"带个人走路,不辛苦吗?"

我一霎时心惊胆颤,为之语塞!他的话如暗器,句句是冰心冷魄针,专门刺探人家的魂魄,偏偏我这失魂落魄的人

红尘亲切 —— 129

不幸被他趁虚射中，一时热泪冷汗几乎迸出。只是心有不甘，偏要逞强斗胜，抢一个口舌之利，遂脑若轮盘、心如电转，一念三千又三千尽作尘土，提不出一个话头语绪来反驳。

若要说："心上有人，不苦！"那又骗得了谁？

若要说："心上有人，着实苦！"又是谁把苦予你吃？

若还要说："身心俱放，即不苦！"明明是自解又自缠！"情"之一字重若泰山，谁提得起？"情"之一字又轻如鸿毛，飘掠心影之时，谁忍放下？

正是两头截断、深渊薄冰进退不得之际，我满腹委屈偷觑他一眼，只见他平平安安走在台北的街道上，浏览四周的高楼大厦，自顾自说：

"其实我们出家人蛮好的，处处无家处处家！"一切意，尽在不言中了。

这经验，秀美是比我更深刻的。她到了山上，犹如"子入太庙每事问"，举凡饮食之事、磬鼓之声，乃至僧鞋僧袜，无不兴致盎然执礼示问。某日，她看到空法师的黑色长衫披挂于椅背上，一时心头奇痒，上前问：

"空法师，您的长衫借我穿一下好不好？"说着，便抄起长衫展阅端详，欣喜之情如对嫁裳。

志铭、叶子和我闻之愕然，恐她造次，齐声阻止：

"秀美！不可！"

空法师却不置可否，只将妙眉一扬，笑盈盈说：

"听说，穿过僧衣的人，迟早都会出家的哦！"

秀美一听，吃惊不小，面有土色。我们三人倒反而抚掌称妙，火上添油助长一番：

"秀美！穿看看嘛！你已经有'出家相'了！"

"是啊！赌一下，看会不会真的出家？"

她那时正是大学里的新鲜人，又与某男子陷入恋网，前程正是灿烂。因此，闻言破胆，手中的黑长衫一时变成黑暗的、恐怖的图腾，只见她赶忙叠好，放回椅背，僵僵地笑说：

"……空法师，我……我看我还是……不要随便穿……比较好！"

这以后，秀美再看到黑长衫，必绕道而行，免得黑长衫自己长了手脚，一个虎扑披到她身上，害她出嫁不成反而出家。

等我看到《六祖坛经》行由品的时候，我才恍然大悟空法师的顽言笑语乃恳恳然有佛法大意。

经上记载，六祖惠能于三更受法，人尽不知，奉五祖之嘱，持衣钵南逃，"两月中间，至大庾岭，逐后数百人来，欲夺衣钵。一僧俗姓陈名惠明，先是四品将军，性行粗糙；极意参寻，为众人先趁及惠能"。参寻什么？不在法不在人，乃在于衣钵。于此千钧一发之危，惠能眼见惠明已然戒刀高提，拔山倒海向他追来，便"掷下衣钵于石上，曰：'此衣表信，可力争耶？'能隐于草莽中。惠明至，提掇不动……"

好个"提掇不动"啊！难道堂堂四品将军果真提不起这无垢衣、应量器？提掇不动的是心力，非人力啊！所以，惠明在一阵痛煎苦熬之后，终于悟得法在人不在衣，乃向四野寻唤。寻唤什么？"行者！行者！我为法来，不为衣来！"

果真有求成佛道之愿，一件僧衣哪里是穿不动的？但是，"出家容易出世难"，若有人虽现出家相，而一双僧鞋走的是红尘路，一只僧袋装的是五欲六尘事，他何尝提掇得动百衲衣？若有在家之人，犹如维摩居士"示有妻子，常修梵行"，虽寻常衣冠，亦等然珍贵不逊于衣钵。这么说来，穿过僧衣终会出家之语，既点破"僧服之相"又启蒙"法衣之志"，绝非顽言笑语了。

世间名实之际，何尝不如是？若为修身齐家，一件嫁裳怎穿不起？若志在传道授业，教鞭怎执不起？若为继往开来，寸笔怎提不起？若誓为经世济民，一枚玉印怎会受不起？但是，多少嫁裳缝制着、多少教鞭舞动着、多少寸管纵横着，却有多少人能承此一问："你为法来，或为衣来？"

因此，看空法师慨然担负他的如来家业，如驮负一坛喜水的行僧，不辞遍踏泥泞之路，将法喜之水分享给既饥且渴的无助众生时，我们是既心安又心疼的！也许，就在这种爱之却又莫能助之的心情之下，我们更是想尽办法要吓吓他、整整他——这是另一种体贴吧！于是，我们回台大的大学口商圈买了一杯"王老吉"——黄连、龙胆草等熬制的大苦药，外赠一包酸梅救嘴，存心要看空法师的"苦脸"，他也很能顺遂我们的心，两双眼睛在深度近视的眼镜里皱得"面目全非"，而后纵声大笑，自诩道：

"苦中作乐！苦中作乐！"

我们更得寸进尺，用野树叶编成数只小蚱蜢，准备趁其不意，往他怀中一掷，吓他一个"鸡飞狗跳"！谁知，他动也不动，叫也不叫，怡怡然说：

"何妨万物假围绕！"

在这一刻，我才领悟：三千世界滚滚红尘在他的眼里，早已系得一身亲切了。

渔父

父亲,你想过我吗?

"虽然只做了十三年的父女就恩断缘尽,他难道从来不想?"我常自问。然而,"想念"是两个人之间相互的安慰与体贴,可以从对方的眉睫、音声、词意去看出听出感觉出,总是面对面的一桩人情。若是一阴一阳,且远隔了十一年,在空气中,听不到父亲唤女儿的声音;在路途上,碰不到父亲返家的身影,最主要的,一个看不到父亲在衰老,一个看不到女儿在成长,之间没有对话了,怎么去"想"法?若各自有所思,也仅是隔岸历数人事而已。父亲若看到女儿在人间路上星夜独行,他也只能看,近不了身;

女儿若在暴风雨的时候想到父亲独卧于墓地,无树无檐遮身,怎不疼?但疼也只能疼,连撑伞这样的小事,也无福去做了。还是不要想,生者不能安静,死者不能安息。

好吧!父亲,我不问你死后想不想我,我只问生我之前,你想过我吗?

好像,你对母亲说过:"生个囝仔来看看吧!"况且,你们是新婚,你必十分想念我——哦!不,应该说你必十分想看看用你的骨血你的筋肉塑成的小生命长得是否像你?大概你觉得"做父亲"这件事很令人异想天开吧!所以,当你下工的时候,很深的星夜了,屋顶上竹丛夜风安慰着虫唧,后院里井水的流咽冲淡蛙鼓,鸡埘已寂,鸭也闭目着,你紧紧地掩住房里的木门,窗棂半闭,为了不让天地好奇,把五烛光灯泡的红丝线一拉,天地都躺下,在母亲的阴界与你的阳世之际酝酿着我,啊!你那时必定想我,是故一往无悔。

当母亲怀我,在井边搓洗衣裳,洗到你的长裤时,有时可以从口袋里掏出一包酸梅或腌李,这是你们之间不欲人知的体贴,还不是为了我!父亲,你一个大剌剌的庄稼男人,突然也会心细起来,我可以想象你是何等期待我!因为你是单传,你梦中的我必定是个壮硕如牛的男丁。

可是,父亲,我们第一次谋面了,我是个女儿。

日日哭

母亲的月子还没有坐完,你们还没有为我命名,我便开始"日日哭"——每天黄昏的时候,村舍的炊烟开始冒起,好像约定一般,我便凄声地哭起来,哭得肝肠寸断似的,让母亲慌了手脚,让阿嬷心疼,从床前抱到厅堂,从厅堂摇到院落,哭声一波一波传给左邻右舍听。啊!父亲,如果说婴儿看得懂苍天珍藏着的那一本万民宿命的家谱,我必定是在悔恨的心情下向你们哭诉,请你们原谅我、释放我、还原我回身为那夜星空下的一缕游魂吧!而父亲,只有你能了解我们第一次谋面后所遗留的尴尬:我愈哭,你愈焦躁,你虽裸抱我,亲身挽留我,我仍旧抽搐地哭泣。终于,你恼怒了,用两只指头夹紧我的鼻子,不让我呼吸,母亲发疯般掰开你的手,你毕竟也手软心软了。父亲,如果说婴儿具有宿慧,我必定是十分欢喜夭折的,为的是不愿与你成就父女的名分,而你终究没有成全我,到底是什么样的灵犀让你留我,恐怕你也遗忘了。而从那一次——我们第一次的争执之后,我的确不再哭了,竟然乖乖地听命长大。父亲,我在聆听自己骨骼里宿命的声音。

前寻

我畏惧你却又希望亲近你。那时,我已经可以自由地跑于田埂之上、土堤之下、春河之中。我非常欢喜嗅春草掐断后,茎脉散出来的拙香,那种气味让我觉得是在与大地温存。我又特别喜爱寻找野地里小小的蛇莓,翻阅田埂上每一片草叶的腋下,找艳红色的小果子,将它捏碎,让酒红色的汁液滴在指甲上,慢慢浸成一圈淡淡的红线。我像个爬行的婴儿在大地母亲的身上戏耍,我偶尔趴下来听风过后稻叶窸窸窣窣的碎语,当它是大地之母的鼾声。这样从午后玩到黄昏,渐渐忘记我是人间父母的孩儿。而黄昏将尽,竹舍内开始传出唤我的女声——阿嬷的、阿姆的、隔壁家阿婆的,一声高过一声,我蹲在竹丛下听得十分有趣,透过竹干缝看她们焦虑的裸足在奔走,不打算理,不是恶意,只是有一点不能确信她们所唤的名字是不是指我?若是,又不可思议为什么她们可以自定义姓名给我,一唤我,我便得出现?我唤蛇莓多次,蛇莓怎么不应声而来呢?这时候,小路上响起这村舍里唯一的机车声,我知道父亲你从市场卖完鱼回来了,开始有点怕,抄小路从后院回家,赶快换下脏衣服,塞到墙角去,站在门槛边听屋外的对话。

"老大呢?"你问,你知道每天我一听到车声,总会站在晒

红尘亲切

谷场上等你。阿嬷正在收干衣服,长竹竿往空中一蠹,衣衫纷纷扑落在她的手臂弯里,"不知晓回来,叫半天,也没看到团仔影"。我从窗棂看出去,还有一件衣服张臂粘在竹竿的末端,阿嬷仰头称手抖着竹竿,衣服不下来。是该出去现身了。

"阿爸。"扶着木门,我怯怯地叫你。

阿嬷的眼神远射过来,问:"藏去哪里?"

"我在眠床上困。"说给父亲你听。你也没正眼看我,只顾着解下机车后座的大竹箩,一色一色地把鱼啊香蕉啊包心菜啊雨衣雨裤啊提出来,竹箩的边缝有一些鱼鳞在暮色中闪亮着,好像鱼的魂醒来了。地上的鱼安静地裹在山芋叶里,海洋的色泽未褪尽,气味新鲜。

"老大,提去井边洗。"你踩熄一支烟,喷出最后一口,烟袅袅而升,如柱,我便认为你的烟柱擎着天空。

我知道你原谅我的谎言了,提着一座海洋与一山果园去井边洗,心情如鱼跃。

我习惯你叫我"老大",但是不知道为何这样称呼我?也许,我是你的第一个孩子;也许,你悄悄在自我补偿心中对男丁的想望;也许,你想征服一个对手却又预感在未来终将甘拜下风。你虽为我命名,我却无法从名字中体会你的原始心意;只有在酒醉的夜,你醉歪的沙发上,用沙哑而挑战的声音叫我:"老——大,帮——我脱鞋——"非常江湖的口气。我迟疑着,不敢靠近你那酒臭的身躯,你愤怒:"听到没?"我也在心底燃着怒火,勉强靠近你,抬脚,脱下鞋,剥下袜子,再换脚。你的脚指头在日光灯下软白软白的,有点冲臭,把你的双脚扶搭在椅臂上,提着鞋袜放到门廊上去,便冲出门溜去稻田小路上坐着。我很愤怒,朝墨黑的虚空丢石头,石头落在水塘上:"得拢!"月亮都破了。只有这一刻,我才体会出你对我的原始情感:畏惧的、征服性的,以及命定的悲感。

然而,我们又互相在等待、发现、寻找对方的身影。

夏天的河水像初生育后的母乳,非常丰沛。河的声音喧哗,河岸的野姜花大把大把地香开来,影响了野蕨的繁殖欲望,蕨的嫩婴很茂盛,一茎一茎绿贼贼的,采不完的。不上学的午后,我偷偷用铁钉在铝盆沿打一个小孔,系上塑料绳,另一头绑在自己的腰上,拿着谷筛,溜去河里摸蛤蜊。"扑通!"下水,水的压力很舒服,我不禁"啊啊啊"地呼气。河沙在脚趾缝搔痒、流动,用脚指一掘,就踩到蛤蜊了,摸起来丢在铝盆,"咚!咚!咚!"蛤蜊们在盆里水中伸舌头吐沙,十分顽皮,我一粒一粒地按它们的头,叫它们安静些。有时,筛到玻璃珠、螺丝钉、纽扣,视为珍宝,尤其纽扣。我可以辨认是哪一家婶子洗脱的扣子,当然不还她,拿来缝布娃娃的眼睛。啊!我没有家,没有亲人,没有同伴,

红尘亲切 —— 139

但拥有一条奔河,及所有的蛤蜊、野蕨、流沙。这时候,远方竹林处传来你的摩托车声,绝对是你的,那韵律我已熟悉。我想,我必须躲起来,不能让你发现我在玩水。但是这一段河一览无遗,姜叶也不够密,我只得游到路洞中去藏,等待你的车轮辗过。我有种紧张的兴奋,想吓你,当你的车甫过时,大声喊你:"阿——爸啊!"然后躲起来,让你只闻其声不见其人,偷看你害怕的样子:你也许会沿着河搜索,以为我溺毙了,刚刚是回魂来叫你,你也许会哭,啊!我想看你为我哭的样子……来了,车声很近了,准备叫,"轰轰轰……",车轮辗过洞的路表,河波震得我麻麻的,我猛然从水中蹿出,要叫,刹那间心生怀疑,车行已远……那两个字含在嘴里像含着两粒大鱼丸,喘不过气,我长长地叹一口气,把那两字吐到河水流走。叫你"阿爸"好像很不妥帖,不能直指人心,我又该称呼你什么,才是天经地义的呢?一身子的水在牵牵挂挂,滴到河里像水的婴啼,我带着水潜回河中,不想回家去帮你提鱼提肉,连对"父亲"的感觉也模糊了。夏河如母者的乳泉,我在载浮载沉。然而,为何是你先播种我,而非我来哺育你?或者,为何不能是互不相识的两个行人,忽然一日错肩过,觉得面熟而已?我总觉得你藏着一匹无法裁衣的情感织锦,让我找得好苦。

迟归的夜,你的车声是天籁中唯一的单音。我一向与阿嬷同床,知道她不等到你归来则不能睡,有时听到她在半睡之中自叹自艾的鼻息，也开始心寒，怕你出事。你的车声响在无数的蛙鸣虫唧之中，我才松了心，与世无争。你推开未闩的木门进入大厅，跨过门槛转到阿嬷的房里请安，你们的话中话我都听进耳里，你以告解的态度说男人嗜酒有时是人在江湖不得不，有时是为了心情郁促。阿嬷不免责备你，家里酿的酒也香，你要喝几坛就喝，也免得妻小白白担了一段心肠。这时，阿姆烧好了洗澡水，也热了饭汤，并请你亲自去操刀做生鱼片。一切就绪，你来请阿嬷起身去喝一点姜丝鱼汤。掀起蚊帐，你问：

"老大呢？"

"早就困去啰。"

你探进来半个身子，拨我的肩头，叫：

"老大的——老大的——起来吃さしみ（刺身）！"

我假装熟睡，一动也不动。（心想："再叫呀！"）

"老大的——"

"困去了，叫伊做啥？"阿嬷说。

"伊爱吃さしみ。"

做父亲的摇着熟睡中女儿的肩头，手劲既有力又温和，仿佛带着一丁点权威性的期待，及一丁点怕犯错的小心。我想我就顺遂你的意思醒过来吧！于是，我当着那些蛙们、虫群、竹丛、星子、月牙……的面，在心里很仁慈地对着父亲你说："起来吧！"

"做啥？阿爸。"我装着一脸惺忪问你。

"吃さしみ。"说完,你很威严地走出房门,好像仁至义尽一般。但是,父亲,你寻觅过我,实不相瞒。

手温

那是我今生所握过,最冰冷的手。

"青青校树,萋萋芳草"的骊歌唱过之后,也就是长辫子与吊带裙该换掉的时候。那一日,正是夏秋之间田里割稻的日子,每个人都一头斗笠、一手镰刀下田去了。田土干裂如龟壳,踩在脚底自然升起一股土亲的感情。稻穗低垂,每一颗谷粒都坚实饱满,闪白闪白的稻芒如弓弦上的箭,随时要射入村妇的薄衫内,好搔得一坨红痒。空气里,尽是成熟的香,太阳在裸奔。

父亲,你刈稻的身躯起伏着,如一头奔跑中的豹。你的镰刀声擦过我的耳际,你的阔步踩响了我左侧的裂土,你全速前进,企图超越我,然后会在平行的时候停下来,说:"换！"然后我就必须成为你左侧的败将,目送你豹一般往前刈去,一路势如破竹。但是,父亲,我决心赢你。我把一望无际的稻浪想象成战地草原,要与你一决雌雄。我使尽全力速进,刈声脆响,挺立的稻秆应声而倒，不留遗言。我听见你追赶的镰声，逼在我的足踝旁、眉睫间、汗路中、心鼓上，我喘息着，焦渴着，使刀的劲有点软了，我听到你以一刈双棵的掌式逼来，刈声如狼的长嗥，速度加快，我不由得愤怒起来，撑开指掌，也用同样的方式险进，以拼命的心情。父亲，去胜过自己的生父似乎是一件很重要的事情，你能了解吗？

当我抵达田埂边界，挺腰，一背的湿衫，汗水淋漓，我握紧镰刀走去，父亲，我终于胜过你，但是不敢回头看你。

日落了，一畦田的谷子都已打落，马达声停止，阿嬷站在竹林丛边喊每个人回家吃晚饭。田里只剩下父亲你和我，你正忙着出谷，我随手束起几株稻草，铺好，坐下歇脚，抠抠掌肉上的茧，当我摘下斗笠扇风时，你似乎很惊讶，停下来：

"老大，你什么时候去剪掉长头毛？"

"真久啰。"我摸摸那汗湿透的短发，有点不好意思，仿佛被你窥视了什么。

"为啥剪掉？"

"读中学啊！你不知道？"

"哦。"

你沉默地出好谷子，挑起一箩筐的谷子走上田埂回家，不招呼我，沉重的背影隐入竹林里。

我躺下，藏在青秆稻草里的蛤蟆纷纷跳出来，远处的田有人在烧干稻草,一群虎狼也似的野火奔窜着、奔窜着,把天空都染红了半边。我这边的天,月亮出来了,然而是白夜。

父亲,我了解你的感受,昔日你襁抱中那个好哭的红婴,今日已摇身一变了。这怎能怪我呢?我们之间总要有一个衰老,一个成长的啊!

但是,一变必有一劫。田里的对话之后,我们便很少再见面了。据说你在南方澳,渔船回来了,渔获量就是你的心事;据说你在新竹,我在菜园里摘四季豆的时候,问:

"阿嬷,阿爸去哪?"

"新竹的款!"

"做什么?"

"小卷。讲是卖小卷。"

"你有记不对没?你上次讲在基隆。"

"不是基隆就是新竹,你阿爸的事我哪会知?"

基隆的雨季大概比宜兰长吧!雨港的檐下,大概充斥着海鱼的血腥、批鱼商的铜板味,及出海人那一身洗也洗不掉的盐馊臭。交易之后,穿着雨衣雨鞋的鱼贩们,抱起一筐筐的鲜鱼走回他们自己的市场,开始在尖刀、鱼俎、冰块、山芋叶、湿咸草及秤锤之间争论每一寸鱼的肉价,父亲,你是他们中的一员,你激动的时候就猛往地上吐槟榔汁,并操伊老母……雨天,我就这样想象。

想到心情坏透了,就戴上斗笠,也不披蓑衣,从后院鸡舍的地方爬上屋顶,小心不踩破红瓦片,坐在最高的屋墩上,极目眺望,望穿汪洋一般的水田、望尽灰青色的山影,雨中的白鹭鸶低飞,飞成上下两排错乱的消息,我非常失望,啜嚅着:"阿爸!""阿爸!"天地都不敢回答。

再见到你,是一个瘖寐的夜,我都已经睡着了,正在梦中。突然,一记巨响——重物跌落的声音,改编了梦中的情节,我惊醒过来,灯泡的光刺着我的睡眼,我还是看到你了,父亲。你全身爬进床上衣柜的底部,双拳捶打着木板床,两脚用力地蹭着木板墙壁,壁的那一面是摆设神龛的位置,供桌、烛台、香炉及牌位都摇摇作响,阿嬷束手无策,不知该救神还是救人?你又挣扎着要出来,庞大的身躯卡在柜底,你大声地呼啸着、咆哮着、痛骂一些人名……我快速地爬下床,我知道紧接着你会大吐,把酒腥、肉馊、菜酸臭,连同你的坛底心事一起吐在木板床上,流入草席里。

父亲,我夺门而去,夜露吮吸着我的光臂及裸足,我习惯在夜中行走,月在水田里追随我,我抓起一把沙石一一扔入水田,把月砸破,不想让任何存在窥见我心底的悲伤。整个村子都入睡了,沉浸在他们箪食瓢饮的梦中。只有田里水的闹声,冲破土堤,夜奔到另一畦田;只有草丛间不倦的萤火虫,忙于巡逻打更。父亲,夜色是这么宁谧,我的心却似崩溃的田土,泪如流萤。第一次,我在心底下定决心：

"要这样的阿爸做什么？要这样的阿爸做什么？"

父亲，我竟动念弃绝你。

七月是鬼月，村子里的人开始小心起来，言谈间、步履间，都端庄持重，深怕失言惹恼了田野中的孤魂，更怕行止之际骚扰到野鬼们的安静——在七月，他们是自由的、不缚不绑不必桎梏，人要礼让他们三分。小孩子都被叮咛着：江底水边不可去哦，有水鬼会拖人的脚；天若是黑，竹林脚千万不要去哦，小鬼们在抽竹心吃，有听见没？第二天早晨去竹丛下看，果然落了一地的竹箨，及吸断的竹心渣。鬼来了，鬼来了。

七月十四，早晨，我在河边洗衣，清早的水色里白云翠叶未落，水的曲线曼妙地独舞着，光在嬉闹，如耀眼的宝珠浮于水面，我在洗衣石上搓揉你的长裤，阿爸，一扭，就是一摊的鱼腥水滴入河里，鱼的鳞片一遇水便软化，纷纷飘零于水的线条里。阿爸，你的车声响起，近了，与我擦背而过，我蹲踞着，也不回头看你了，反正，你是不会停下来与我说话的。我把长裤用力一抛，"叭"入河，用指头钩住皮带环，两只裤管直直地在水里漂浮，水势是一往无悔的，阿爸，我有一两秒的时间迟疑着，若我轻轻一放指，长裤就流走了。但我害怕，感觉到一种逝水如斯的战栗，仿佛生与死就在弹指之间。我快速地把长裤收回来，扭干每一滴水，将它紧紧地塞进水桶里。好险！捡回来了，阿爸！

但是阿爸，你的确是一去不返了。

那日，夜深极了，阿爸你还未回来，厅堂壁上的老钟响了十一下，我尚未合眼。远处传来一声声狗的长嗥，阴森森的月瞑夜，我想象总有一点声音来通风报信吧！当我浑浑噩噩地从寤寐之中醒来时，有人用拳头在敲木门："咚""咚""咚"……

一个警察，数个远村带路的男人，说是撞车了，你横躺在路边，命在旦夕，阿爸。

阿嬷与阿姆随去后，我踅至沙发上呆住，老钟"滴答""滴答"，夜是绝望的黑，虫声仍旧唧唧，如苍天与地母的鼻鼾。我环膝而坐，头重如石磨，所有的想象都是无意义的暴动，人生到此，只有痴痴呆呆地等待、等待，老钟"嘀嗒、嘀嗒、嘀嗒、嘀嗒……"时间的咒语。

隐隐约约有哭声，从远远的路头传来，女人们的。你被抬进家门，半个血肉模糊的人，还没有死，用鼻息呻吟着、呻吟着。我们从未如此尴尬地面对面，以至于我不敢相认，只有你身上穿着的白衬衫我认得，那是我昨天才洗过晾过叠过的。阿姆为你褪下破了的血衫，为你拭血，那血汩汩地流。所有的人都面容忧戚，但我已听不见任何哭声，耳壳内只回荡着老钟的摆声及你忽长忽短的呻吟——天就要亮了,像不像一个不愿回家的稚童摇着他的拨浪鼓在哭?我端着一脸盆的污血水到后院井边去,才呼吸到将破的夜的香,但是这香也醒不了谁了。上方的井水一线如泻,注乱下方池里的碎月,我端起脸盆,一泼,血水酹着这将芜的家园,"天啊!"我说,脸盆坠落,咕咚咚几滚,覆地,是上天赐下来的一个筊杯吗?我跪在石板上搓洗染血的毛巾,血腥一波一波刺着我的鼻,这浓浊、强烈、新鲜的男人的血,自己阿爸的。搓着搓着,手软了,坐在湿漉漉的青石上,面对着井壁痛哭,壁上的青苔、土屑、蜗牛唾糊了一脸,若有一命抵一命的交易,我此刻便换去,阿爸。

天快亮的时候,他们再度将你送去镇上就医,所有的人走后,你呻吟一夜的屋子空了,也虚了,只留下地上的斑斑碧血。那日是七月十五日,普度。

我在井边淘洗着米,把你的口粮也算进去的。昨夜的血水沉淀在池底,水色绛黑,我把脏的水都放掉,池壁也刷洗过,好像刷掉一场噩梦,好像什么事也没发生过,把上井的清水释放出来,我要淘米,待会儿家人都要吃我煮的饭,做田的人活着就应该继续活着,阿爸。

河那边的小路上,一个老人的身影转过来,步子迟缓而佝偻,那是七十岁的大伯公,昨晚,他一起跟去医院的。我放下米锅,越过竹篱笆穿过鸭塘边的破渔网奔于险狭的田埂上,田草如刀,鞭着脚踝，鞭得我颠仆流离，水田漠漠无垠，也不来扶，跳上小路的那一刻，我很粗暴地问：

"阿爸怎么样？"

"啊……啊……啊……"他有严重的口吃，说不出话。

"怎么样？"

"啊……啊……伊……伊……"

就在我愤怨地想扑向他时，他说：

"死……死了……"

他蹒跚地走去，摇摇头，一路嗫嚅着："没……没救了……"我低头，只看见水田中的天，田草高长茂盛，在晨风中摇曳，摇不乱水中天的清朗明晰，我却在野地里哀痛，天！

那是唯一的一次，我主动地从伏跪的祭仪中站起来，走近你，俯身贪恋你，拉起你垂下的左掌，将它含在我温热的两掌之中摩挲着、抚摸着你掌肉上的厚茧、跟你互勾指头，这是我们父女之间最亲热的一次，不许与外人说（那晚你醉酒，我说不要你了，并不是真的），拍拍你的手背，放好放直，又回去伏跪。当我两掌贴地的时候，惊觉到地腹的热。

后寻

死，就像一次远游，父亲，我在找你。

从学校晚读回来时，往往是星月交辉了。骑车在碎石子路上，经过你偶去闲坐的那户竹围，不免停车，将车子依在竹林下，弯进去，灯火守护着厅厅房房，正是人家晚膳的时刻。晒谷场上的狗向我吠着，我在他们的门外伫立。来做什么呢？其实自己也不清楚，就只是一种心愿罢了，来看看父亲你是否在他们家闲坐而已。那家妇人开了门，原本要延请我入室，似乎她也记得我正在服丧，头发上别住的粗麻重孝，令她迟疑而不安，她双手合起矮木门，只现出半身问我："啥么事？"我尴尬而不敢有愠，说："有久没看到你，我阿爸过身，多谢你帮忙。"我转身要走了，她叫住我，说："是没弃嫌才跟你讲，去别人家，戴的孝要取下来，坏吉利。"父亲，东逝水了，东逝水了，我是岸土上奔跑追索的盲目女儿，众生人间是不会收留你的了。

天伦既不可求，就用人伦弥补，逆水行舟何妨。父亲，你死去已逾八年。

"你真像我的阿爸！"我对那人说。有时，故意偏着头眯着眼觑他。

"看什么？"他问。

"如果你是我阿爸，你也认不得我了。"

"哦？"

"你死的时候三十九岁，我十三岁；现在我二十一岁了，你还是三十九岁。"

"反正碰不到面。"

痴傻的人才会在情愫里掺太多血脉连心的渴望，父亲，逆水行舟终会覆船，人去后，我还在水中自溺，迟迟不肯上岸，岸上的烟火炎凉是不会裸抱我的了，我注定自己终须浴火劫而残喘、罹情障而不愈、独行于荆棘之路而印血，父亲，谁叫我对着天地洒泪，自断与你的三千丈脐带？我执迷不悟地走上偏峰断崖，无非是求一次粉身碎骨的救赎。

捡骨

第十一年，按着家乡的旧俗，是该为你捡遗骨了。

"寅时，自东方起手，吉"，看好时辰，我先用鲜花水果祭拜，分别唤醒东方的"皇天"、西面的"后土"及沉睡着的你，阿爸。

墓地的初晨，看惯了生生死死的行伍，也就由着相思林兀自款摇，落相思的雨点；由着风低低地吼，翻阅那地上的冥纸、草履、布幡。雀在云天，巡逻或者监视，这些永恒梦国的侍卫们，时时清查着，谁是新居者，谁是寂寞身后的人？马缨丹是广阔的梦土上，最热情的安慰，每一朵花都是胭脂带笑的；野蔓藤就是情牵了，挽着"故闺女徐木兰之墓"及"龙溪显祖考妣苏公妈一派之佳城"这二老一少，不辞风雨日暮；紫牵牛似托钵的僧，一路掌着琉璃紫碗化缘，一路诵"大悲咒"，冀望把梦土化成来世的福田。

"武罕显考圭漳简公之墓"，你的四周长着带刺的含羞草，一朵朵粉红色花是你十一年来字不成句的遗言，阿爸。三炷清香的虚烟袅袅而升，翳入你灵魂的鼻息之中，多像小时候，我推开房门，摇摇你的脚丫，说："喂，起来啰，阿爸！"你果真从睡中起身，看我一眼。

"时辰到了。"挖墓的工人说。

按礼俗，掘墓必须由子嗣破土。我接过丁字镐，走到东土处，使力一掘，禁锢了十一年的天日又要出现了，父亲，我不免痴想起死回生，希望只是一场长梦而已。

三个工人合力扒开沙石，棺的富贵花色已隐隐若现，我的心阵痛着，不知道十余年的风暴雨虐、蝼蚁啃嚼，你的身躯骨肉可安然化去，不痛不痒？所谓捡骨，其实是重叙生者与死者之间那一桩肝肠寸断的心事，在阳光之下重逢，彼此安慰、低诉、梦回、见最后一面、共享一顿牲礼酒食，如在。我害怕着，怕你无面无目地来赴会，你死的时候伤痕累累。

拔起棺钉，上棺戛然翻开，我睁开眼，借着清晨的天光，俯身看你：一个西装笔挺、玄帽端正、革履完好、身姿壮硕的三十九岁男子寂静地躺着，如睡。我们又见面了，父亲。

啊！天，他原谅我了，他原谅我了，他知道我那夜对苍天的哭诉，是孺子深深爱恋人父的无心。

父亲，喜悦令我感到心痛，我真想流泪，宽恕多年来对自己的自戕与恣虐，因为你用更温柔敦厚的身势裸抱了我，视我如稚子。如果说，你不愿腐朽是为了等待这一天来与人世真正告别、为至亲解去十一年前那场噩梦所留下的绳索，那么，有谁比我更应该迎上前来，与你心心相印、与你舐犊共宴？父亲，我伏跪着，你躺着，这一生一死的重逢，虽不能执手，却也相看泪眼了，在咸泪流过处，竟有点顽石初悟的地坼天裂之感，我们都应该知足了。此后，你自应看穿人身原是髑髅，剔肉还天剔骨还地，恢复自己成为一介逍遥赤子；我也应该举足，从天伦的窗格破出，落地去为人世的母者，将未燃的柴薪都化成炊烟，去供养如许苍生。啊！我们做了十三年的父女，至今已缘尽情灭，却又在断灭处，拈花一笑，父亲，我深深地赏看你，心却疼惜起来，你躺卧的这模样，如稚子的酣眠、如人夫的腼腆、如人父的庄严。或许女子赏看至亲的男子都含有这三种情愫罢！父亲，滔滔不尽的尘世且不管了，我们的三世已过。

"合上吧！不能捡。"工人们说。

我按着葬礼，牵裳跪着，工人铲起沙石置于我的裙内，当他们合上棺，我用力一拨，沙石坠于棺木上，算是我第二次亲手葬你，父。远游去吧！你二十四岁的女儿送行送到此。

所有的人都走后，墓地又安静起来，突然，想陪你抽一支烟，就插在燃过的香炷上。烟升如春蚕吐丝，虽散却不断，像极人世的念念相续。墓碑上刻着你的姓名，我用指头慢慢描了一遍，沙屑粘在指肉上，你的五官七窍我都认领清楚，如果还能乘愿再来，当要身体发肤相受。

不知该如何称呼你了？父亲，你是我遗世而独立的恋人。

水月

  有一条荒径,四处无人,沿路的落叶倒是惺惺相惜起来,被雨水镇在路洼里,迭出好几层的交情。

  她只是出来散散心。城市的尘埃愈来愈重,生活的钟摆总是马不停蹄,左脚的黎明永远被右脚的黄昏赶上,她已在市声之中失去自己的心跳,在灰尘的厚茧里,荒废了青春的颜色。人们总说她该嫁了,好像嫁了之后,这个城市会马上干净起来、尘埃会落为沃土、喧嚷的噪音会转成神曲颂歌……人们总习惯在穷途末路时,办一次喜事作为转寰的余地,以企求否极泰来的福气。假使,宿命的胎记这么容易刮去的话,这世界只需要锣鼓喧天就可以把日子过顺了。但她今天出来散心倒是别无他求，走起路来"无欲则刚"。

迎面晃来一只黑狗，由于是下坡的关系，肌肉的起伏相当有趣。看来是饿了的，沿路觅食。若比作人的话，该是已逾中年了，显然还无容身之地，狗亦难为。错身的时候，狗偏头看她一眼，她觉得有趣，有点被犬欺的有趣。她回头看它，黑狗走近一棵树干旁，抬起右腿撒尿，水流如注，她几乎要骋怀大笑，原来它偏头敌视，是叫她"非礼勿视"。

上坡路走起来容易喘，心脏搏跳的韵律愈来愈烈，像一面小鼓。她也自觉行有年矣，体力脚程已不如前，恐怕不能再自恃年轻了。她在一棵大榕树下歇歇脚，树的胡须拂过脸庞，起了一阵痒意，这是春天。几块乱石散布在树的周围，长了一层灰，久无人坐的关系吧！她也不忌讳脏，一弯身坐下来，吹都不吹一下，脏又怎样呢？许多的戒律、规范、警告，其实只是聊备参考，并非牢不可破；没有一条路永不湮灭，没有一株花拥有春荣秋色，没有一条定理自诩为永恒的真。如果说，行年之中她有什么改变的话，最大的不同是，她时常走出轨道做一个路边人，看形形色色的人车经过，像一个界外球。

路边临着土崖，往下即是梯田，春田漠漠，在天光的笼罩之下，更觉波光粼粼，好似待嫁的女子。靠山的缘故，白鹭鸶偶来造访，时而低翔,时而敛翅停伫,像巡田水的使者。她静静观看这些天象,倒有点拥抱人世的欢喜……一群戏耍的孩子从她身后欢笑而过,拍球的声音十分清脆,像在帮日子盖邮戳,分送给许久无笑的人。她觉得也该启程了,虽然与孩子们的方向相反,各有各的路况及心情,也是可喜。

她对这里是完全不熟的,山径交错,哪一条较为捷便,哪一条阴险,完全是未知之谱。行路是冒险,人生又何尝不是,如果人能够未卜先知,能够逢凶化吉,这样的人世也少了丘壑渊谷之绝美,得失互见。因此,她欢喜未知,欢喜柳暗花明之后的鸡鸣狗吠,也欢喜一种隔世之感。

山边有半爿小店,卖些饼干、面包、饮料之类的吃食,她索性买一些带走,老板娘很热络地告诉她,往上走有一池水潭,还算清幽,今天人少,可以去看看。她道个扰,便循路走去。

没走几步,便听到水的流咽,是一口活潭,云影天光想必不少。她一直相信水能知音,水有各种不同的声音,初听是浑然一片,不知所以然;再细听,似乎有韵律可循,好似一组音符,高低不乱,知无不言,言无不尽;听久了,反而能随心所欲地改换旋律,把七字句听成五言绝,把短诗衬字变成词。水声可以剪裁,人生也可以补缀,但她不喜欢刻划着痕,一旦韵律形成,她会放弃耳聪目明,释放水的韵律,让它们重新喧哗;生活到了富贵荣华,反而断米断炊地清苦起来。这种人,像泼墨。

游人不多,大部分是附近山村的孩子,个个野健,像树上的果子般硬。他们钓鱼、戏水,不怕早春的凉意。她欣羡极了,这些不解世事的孩子们浑身散发着野劲,生命的热度达到沸点,足以把一潭子的天水煮绿。她的灵魂品着绿茗,这一潭的茶醉,可以涤泸世事的火燥,重新以一颗薄红色的心,与天地共话桑麻。

她在潭边坐着,俯视潭里的小游鱼,它们一群群地共游,若有风吹草动之声,倏地逃潜,毫不错乱,也许,鱼群也有它们的华尔兹,以及逃难用的现代舞。她揣测时间,该是午后近黄昏的时分,一大早到现在,未进滴水,也有些饿。吃着刚才买的面包,一面嚼一面揉碎面包屑喂鱼,鱼群闻香而来,抢得方寸大乱,她觉得有趣,独乐乐不如众乐乐的倾心。

抬头的时候,孩子们都散了,潭边只剩下她及对岸的一名男子。

那男子与她斜斜互视,隔着一顷绿水,倒有点"道阻且长"的况味。她是不认识他的,只拿他是人群中的一人。她今天不就是要避开人群吗?那么,也无意去识得一个山川之交。他好像也是个空手游山的人,身边连钓具、背包都没有,随兴地散步吗?要散的是什么样子的心?也许只是个疲倦的人,想找一个僻静之地让心灵休憩而已。两个顺其自然的人,无姓无名的过客。

再抬头时,他正起身行走,沿着潭岸往更深的内山踱去,倒影游于水中天,人在行云里,像两个世界里的他在互寻互证。她想,他是看不到他自己的影子,但他可以视得对岸,她那白露未晞的坐姿。

若他识得她,一定会隔潭向她招手,喊道:"嘿!某某某,你也在这儿啊!"

但是,这样的巧遇似乎太段落分明了,不容再多置丽辞美句,而且不能离题。如果已识得他,免不了要迎面招呼,再交换近况、工作计划、居家情事……才算是一套完备的招呼词。她最恨别人一开口就问她:"你最近在忙什么?"临走之前再丢下一句:"什么时候请我喝喜酒?"好端端地把人的心情大卸数块。但她也未能免俗,一碰到人,找不到适当的话,最先开口的还是一句:"你最近在忙什么?"

看不到他的影子了,山树、野石、深潭都来陪她。她择一处巨石躺下,仰观天象,却又像是俯阅人事,星子依稀赴约了,正在开光点睛;月娘未到,不知道是圆是缺?她欢喜了,有些温柔泪水行在脸上,更行更远还生。她把青春的玉砖筑成一座不设防的城市,别人攻不进来也出不去的。她在月下做个寂寥的人,守夜的人,醒时露宿、迷时忘归路的人。

天暗了,潭水的声音又换成柔和的韵歌,她闭眼细细聆听。忽然,不远处传来足音,是那个人,她听得出来,他停住,似乎犹豫着，有话要向她说吗？她依旧闭目，如如不动声色，他大概收住话头，踽踽又去了。她放心了，继续再听天籁，忽然有一句话飘进水的韵律里："……该回家了……"

这也是天籁吧！她招招手算是答他，如对忘言之友。

月亮出来了，是一弯上弦，星光密布，一起向人间的灯光普查，她不关心这些命定。

只是，当月牙到潭岸汲水，照见两个或行或坐的忘世人影时，她该如何笔记这一段宿缘？

晕眩的风景

——记少女情怀

听起来是个雨天。

人还窝在棉被里,似乎梦中故事还没有收尾,却有一丝蚕线似的意识悄悄爬出被窝,秘密侦测动静。首先辨识出雨的声音,遥远且薄弱,不太像光明正大的雨,像辞典里"雨"部首的字聚在广场上耳语;然后是雀鸟的啼叫,也不像印象中的叫法,接近飞坠的球果在半空中相互摩擦的声音。

雨天清晨,镶着雀啼的雨天清晨有笛子的感觉:像生涩的吹笛手,经过多年之后回到旧居缅怀,从积尘中捡起那管残笛,一路咿呜吹着，沿着旧巷走了。我仍缩在棉被里，梦中故事不想收尾，意识却追随旧巷残笛的瞬间感觉，脑中接着搜寻，浮现狭小巷子，两旁是垂老的蒲葵树，一堵破墙牵出倾圮的木造房子，野蕨肥绿，朽梁上一排鲜艳的毒菇，笛音呜咽……

我勉力睁开眼睛，室内光线灰蒙，不知身在何处？继而意识聚拢，原来醒在自己的屋子里。所有的摆设与色调都是熟稔的，但刚才旧巷残笛的景象却更真实——我甚至快要拨开垂悬的蒲葵叶，看到那位吹笛手的身影。梦中那么熟悉的景致却是醒时的自己从未经历过的，而吹笛子的人呢，我确定我的朋友没有人会吹奏短笛，但那位从朽屋角落捡起笛子的人，却让我觉得伤感，而这种伤感一点也不陌生。

我感到晕眩。雨天清晨，渐渐闻出旧事的气味，虽未腐朽却沾满霉斑的一件旧事。我记起来，那支笛子是见过的。

她的身影映入我的眼帘，应该是个梅雨早晨——我猜是，因为记忆中坐在窗边的我正趴在桌上背英文单字，眼睛眺望极远的雨中山丘，嘴里含着外套的拉链头；如果是夏季，不会穿深蓝色学生外套的。我偏心地把我与她的第一次见面放在雨季，这样比较符合那时候刚刚在我身上萌芽的少女情怀。

狐灰色的雨中山丘，吐着锈绿色叹息的一匹野狐，硕大、毛发潮湿，孤独地在旷野行走。反复诵念一个英文单字，像咀嚼从他人身上扯下来的纽扣。就在我浑然即将入睡时,一张秀丽的脸庞映入眼帘。

"请问一下,二十六班的教室在哪里?"

雨滴滑过她的额头,偏分的发丝盖着右半面,使她看起来像雨雾中一朵初绽的芙蓉,把我的心带到春日暖江。我几乎在第一眼就决定往后每天都要看这张脸。突来的惊慌之中,我很笨拙地指来指去才指出其实就在隔壁的二十六班教室。她那双灵动的眸子露出狐疑目光,我想她没听懂我是在告诉她如何从校门口走到教室而不会淋到雨。

"谢谢。"她说。影子瘦瘦的,背在左肩的书包写着另一所中学的名字,我立刻明白她是转学生,而那所中学没听过,也许远在陆地的尽头。

我开始发觉有一株异样的情愫在心内爬升,像藤一样,自有其渴望与行径;然而另一方面,傲慢的个性又使我倔强地不愿承认蔓藤正欣然抽长。依然习惯在早自习时趴在桌上背单字,但眼睛不再眺向远处,而是从杂沓的脚步声中分辨她的步伐,却又在她经过我的窗口时奋力把头转向另一边,更用力地背诵无趣的生字。

每天早上,她放慢脚步,陪着另一位女同学经过走廊。那位显然跟她同班,右脚罹患小儿麻痹,由于穿着特制铁鞋,走路发出嘟哒的声音。我嫉妒她们形影不离,甚至对那位肢障的女同学起了敌意,但又不能不承认,铁鞋声让我从纷杂的脚步中分辨她的来临,像从秽污的石头中一眼瞧见珍珠。

她始终不认识我,也许多少还认得我是那个方向辨不清的指路者吧,所以偶然迎面相遇时,她的嘴角似乎挂着笑;不过,也有可能是我误读,她的脸本来就长得笑意盎然的。

那支笛子从她的外套口袋掉到地上时,黄昏已然降临了。每天放学前是例行性的清扫时间,有的人负责打扫教室,有些人被分配到校园——无非是浇花、扫落叶之类的。她们班的户外清洁区与我班相邻,一排榕树护着假山,周围种些草花。我与她同时负责打扫所属的清洁区,那真是轻松的事,看不出来有什么好扫的。我摘一片榕叶,卷成小圆筒,把一边轻轻捏扁,凑在嘴边用力吹,高亢的单音划过黄昏的天空,穿越辉煌的晚霞,我想象连贯的高音就是我自己,要到极高极远的地方筑梦,在峰顶之上,我朝四方吹奏,高岩上百年积雪轰然而崩。

我吹得晕眩,坐下来。正巧看见笛子从她的口袋掉落,一位走在后面的同学捡起给她。那时,她拿着竹扫帚和簸箕,与铁鞋女孩缓缓朝教室走。我知道过不了多久,她们会双双背着书包往脚踏车棚去,每天,她载铁鞋女孩上下学。

很普通的笛子,文具店卖的那种。我不知道她带笛子做什么。

学校的音乐课早就用来模拟考，况且也没有相关的社团。然而，在黄昏的背景里，那支掉落的笛子却有了奇异的意义，我不禁认为那是心音唱和的证据，在我吹奏榕叶时，她听到了，她的笛子也知道我正往极高极远的雪原悠游。

我相信她记住我了，吹树叶的隔壁班同学，也许只有这些吧，但已让我觉得足以绵延到天地俱暗。

终于以很自然的方式得知她的名字，是在颁奖典礼上。如果不是别扭的少女性情作祟，大可以打听到她的姓名及所有故事。我没这么做，也许比较喜欢忽远忽近的晕眩感，像第一次见面那天，雨中山丘的色泽。

她站在我前面，不记得领什么奖状，司仪继续唱名，被叫到的人从黑压压的人群中快速跑上讲台。等候的这段时间，使我有机会近距离慢慢欣赏她的背影，很柔细的头发，白皙的颈子，就在我悄悄凑近几乎可以嗅闻她的发香时，她忽然甩头，发丝向上飞扬，毫无隐瞒地露出右耳，那是一片蜷曲变形的耳朵，中间有个黑幽幽的小洞，像暗夜废墟魔鬼借以出入的洞口般可怖，我感到晕眩起来，仿佛有啄木鸟在我的后脑勺啄击。

季节像写不完的考卷，大约由于身体的变化使自己更加孤僻起来；依然趴在桌上背单字，但说不出的忧郁正慢慢啃噬内心。也许为了稍稍透一口气吧，我在纸条上写下令我憎恶的人名与事物,包括老师,还有"笛子"代号——划掉又写上,终于还是划掉了。我分不清自己真的憎恶她,还是对使她残缺的那股力量感到厌弃与敌意。

往下的发展有点模糊,不记得她在什么时候消失。我想我刻意遗忘一切,像把暴风雨硬是关入小罐,却因着巨大的压抑而常常莫名其妙垂泪。等到有一天,拔掉瓶塞,铿铿锵锵倒出破灯、断裂的树干、朽屋……时,暴风雨已蒸发了,我也到了该离乡的时候。

数十年流转之后,会在雨天清晨似醒未醒时想起她,的确不可思议。她去哪里了?在哪一个城市醒来?我漫无边际地推测着,并不渴望有一个答案。人生就是这样,一松手,萍水相逢的人也许三辈子也碰不到面了,只留下依稀仿佛的一股感觉,如流水漂载落叶,有时借着倒影,好像又回到原来的那棵大树上。

我想,如果刚才意识的耐力再强一些,也许可以拨开旧巷里垂悬的蒲葵叶,看到那位吹笛手的背影。我很好奇,数十年后在雨天早晨追忆旧事,我会认为吹笛子的人是她,还是我自己?

姐妹情深

——写给惠绵

我踏入台大女生第五宿舍106室那天,应该是个萧瑟秋日。也许飘雨,或者晴朗,不复记得。心情是轻快抑或受季节影响而起雾,亦难以指认了。唯一确定的是,当时朝那栋老宿舍走去的我,绝不会想到二十年后自己会以欢愉心情肯定那日是生命中亮丽的一日。

那日,我认识了几个精彩的人。

我常想,人生在世,种种浓淡、轻重的情感皆须经历时间火燎方能证成金刚不坏。朋友如此,夫妻如此,血缘至亲亦是。当情愫萌生之时,谁不是一朵心花怒放,其欣喜之状,仿佛挡得住任何一场暴风雨。然而,当这情感灰飞烟灭,其愤懑之心,又恨不得将世界一手捏碎。人生这门功课,说穿容易,看透难,是以,人人一身纠缠。

好的纠缠也是一桩福气。认真地说,不该叫纠缠,而是种植于彼此心田一辈子都欣欣向荣的一棵思念。这思念长得与世俗不同,独具一股逍遥自在的灵气。仿佛世间化外另有一条丰沛流域,一株莲种,兀自衍生七千七百四十九朵五色莲花。这儿枯了,那里又荣;这儿的清香消隐,那里的芬芳又起。有福气的情感就该这样,无须斧凿雕琢,不劳朝朝拂拭,却能一辈子优哉游哉。这儿闲闲地呼唤,那儿憨憨地答应;有事儿吗?没事。

我有幸从周遭人物中见识这种浑然天成的情感;当它停泊在一对恋侣身上,那种爱即是"弱水三千,只取一瓢"。当它潜入原本不相识的女性与孩童之中,则他们成就的母子亲情胜过血缘。当它洒向人群,那么沾染灵气的这几人便会相识,且不可思议地生出手足之情——往后,不管人生多么千疮百孔,这几人不会离你弃你遗忘你,反而联手护卫你,宛如兄弟姐妹。

感情之事似乎没什么道理,差别只在有福或无福罢了。

依这理,我算是有福之人。年龄未届不惑,即能酿出几个二十年交情的老友。这二十年,我们从轻愁少女历经情劫、转战职场,于今白发忽隐忽现、心境在悟与不悟之间,彼此见了面,心情仿佛仍在蓊郁校园,仍是十八岁初相识那年。

"女五"106室像个店面,似乎从不关门,以至于我想不起门长得什么样。通常,我去找林金燕或但贵美,她们是我哲学系同班同学。我们都是家住外县市的大一新鲜人,差别是,她们用功我不用功,所以我必须去"预约挂号"借笔记。凡是不用功的学生都有个本事,能精确地打探或辨认班上最用功的"妈祖"是哪位,待考试前夕,再前往仙山求"海内外孤本",影印、诵念一夜,天亮赴考场而拿下七八十分不难。可憾的是,与我谋合者甚伙,106室门庭若市,阿燕这位"妈祖"香火鼎盛。

"女五"宿舍是一栋"有意志力"的破旧建筑物。所谓有意志力,即是再撑十年、二十年仍是那么破旧却仍然不会倒塌。在台大,这样的建筑物不算少,以至于每当我忆及大学生涯,苍茫富丽之余又觉得鬼鬼祟祟。当时,我被分配到女生第一宿舍。这事儿有点怪,因为本地的哲学系女生大多住"女五"宿舍,只三个左右被扔到"女一"。其实我不该抱怨,"女一"位于傅园旁且是新建筑,设备比"女五"强多了,一般印象中住的都是侨生及联考成绩较好的科系学生。不过我还是要抱怨,住"女一",我得走一段弯曲、幽深的小径才能到"女五",着实不利于访仙求道。

阿燕与阿但不见得在寝室,即使人在,笔记本也不在。有个人倒是常常在,她坐在一进门右手边第一个座位,不厌其烦地答复川流不息的"哲学系香客"询问"阿燕妈祖在不在"的问题。其亲切温婉的模样,媲美大寺院的知客师父,要不就是敬业的警卫,她叫李惠绵。

我记得她在介绍自己名字时特别强调是"绵羊"的"绵"而非木部"棉"。这让我霎时在温驯的绵羊意象与眼前穿戴重金属支架的这副身躯之间产生极不兼容的感觉。要不,她用错名字;要不,她住错躯体。

那年,我们才十八九岁,她因联考失手成为落寞的夜间部中文系新生;我因高中开始创作一心想进中文系却不可得,心情难免抑郁。算是气味相投吧,就这么熟稔起来。渐渐地,去106室除了找阿燕、阿但也找李惠绵。混久了便自动自发成为106室之荣誉室友,连与男生宿舍寝室联谊至醉月湖畔煮汤圆、吃火锅这等大学生"门当户对"社交活动的事儿,我也不请自来、乐乎乎地跟着去了。

逝水滔滔,二十年来我认识的人不能算少,但像在106室一口气结识五位晶莹灵透之人的幸运却不曾再遇。那真是好大的福气!寝室里还有一位温柔敦厚的中文系二年级学姐张碧惠,她是那种天生就有姐姐气派的人。没多久,又有一位像妈妈却分明跟李惠绵长得不像的优雅女士在寝室出入,她是赵国瑞老师。

这五人，在我最偏激且阴郁、骄傲又孤僻的年纪里，分别向我展示雍容的大家风范、大爱无私的圣洁精神以及见义勇为的热情。

在婴儿期即罹患小儿麻痹的惠绵属严重型脊椎侧弯与双脚障碍，我曾喟叹她是一流的资质与灵魂却住在三流的"身体宿舍"里。还记得相识之后，听她若无其事地描述幼时如何自己发明"蹲"在拖鞋上以双手抓鞋行进，借以向父母争取上小学一事，令我震惊不已。回到自己寝室，我取拖鞋，照她说的方式做，才走五六步即有濒临溃倒之感；蹲行时的高度，触目所见皆是桌底椅脚等肮脏、灰暗之物，想抬头望一望湛蓝的天空都是费力的。我万分不舍，心里油然喊冤："老天，你欺负一个小女孩到这种地步！"接着，任何人都会如我一般立即站起，以侥幸的心情觉得自己的双脚是恩赐是财富是奇迹。而惠绵，我开始了解她永远被囚禁在身体黑牢里承受不曾停歇的鞭笞的苦楚。我们这些好手好脚的人说满一缸唾液的激励话语，也难以减轻身体不自由者一寸的痛苦。叫别人坚强很容易，只有自己试着目盲一周、跛行半月，庶几可以体会坚强多么不易；因这坚强必须十倍于苍天要你目盲喑哑跛行的意志，百倍于庸人俗世对陷身"躯体牢笼"者的讥诮嘲讽，则这份坚强才能形成力量——活下去的力量。

然而，我必须说，即使因着这份了解，在大学时代，我能为惠绵做的仅仅是推推轮椅、帮忙拿餐盘或扶拐杖之类轻如鸿毛之事。而她不同，她天生具有行侠仗义的豪情与纵横捭阖之能力，她为我做的事重如泰山。

由于对文学有兴趣，与惠绵又多了一层话可说。之后我才知道，她在中学时代即展露文采，是校内的风云人物。因而，我们之间谈文论艺这回事，在喜获知音之余又添了一股说不出的竞争压力与紧张。每每各执己见、争论不已，但当我剑拔弩张、出现一副欲置人于死地的狰狞模样时，惠绵总是适时地偃兵息鼓、一笑解围。要不是惠绵虚怀以待，我们的友谊早已粉碎。这还不算，当她得知我一心想转中文系而平日热衷写作以致本行功课念得昏天暗地、凭成绩绝对摸不到中文系门把时，竟自告奋勇要帮我探听是否还有其他门路。由于当时我甫获"第一届台大文学奖"散文奖，评审之一是中文系柯庆明老师。她心生一计，打电话给压根儿不熟的柯庆明老师，如此这般把她这位哲学系一年级朋友吹之捧之又力荐之，柯老师要不是被她的口才说服就是为其热情所感，遂建议她转告这位哲一女生，将作品收拢一份附函呈中文系主任，或许可收敲门砖之效。我照做，却不抱丝毫希望。那年暑假我留在宿舍打工，某日黄昏归返，发现信箱里躺着一封信，一看是中文系专用信封我的心就凉了，一定是通知"遗珠之憾"的八股信。拆开，却是系主任叶庆炳老师的亲笔信，他说欢迎我成为中文系的一分子。

我喜欢用"设身处地"的方式评量人与人之间的情感交流是否均衡。别人为我付出若干，若角色互换，我能否为他等量付出？我为他人付出如许，若易地而处，他人能否同等给予？这法子庶几可以将自己客观化以检测天秤两端的情感是否等量等质，借此提醒自己勿辜负他人情义也不必"明月照沟渠"。带着这秤回到十八岁，我必须惭愧地承认，若我与惠绵互换处境，我不可能为她做这事。一则，缺乏如她般足以"配六国相印"的胆识与天赋（想想看，当年她也不过是夜间部一年级的小卒，竟敢"过问"日间部大事）；二来——这是最关键的，那时我的"鸡肠鸟肚"绝对容不下赏识竞争对手的那份热情与雅量。

也许，惠绵从小尝尽"缺憾"之苦，故不忍她的朋友暗夜饮恨吧！然而，在那么年轻即能跳脱负面的私情缠缚而化为善念、形成助缘，这种过人的修养当来自赵老师的熏陶化育。

惠绵从小在地上爬行，十二岁时从台南乡下至台北"振兴复健医学中心"医治双脚、练习穿支架与背架行走。一个小女孩为了能走路，以无法想象的意志力忍受离乡背井之苦与复健过程那种撕肉裂骨的痛。在那儿教授语文并担任导师的赵老师看在眼里疼在心里，并发现这位多愁善感的小女生实是良骥之材，年轻时即抱定独身主义的赵老师就此与惠绵结下母女般的人间奇缘。若说惠绵从父母处传承坚毅、聪颖、善良、热情的品质，那么赵老师便是精神上的华佗，她不惜割裂己身为渠道，流淌心血以灌溉，导引这位"怀璧其罪"的小女孩一寸寸自身体黑牢破茧而出、而抬头挺胸、而打造自己的人生，并且将那坚毅、聪颖、善良、热情锤炼成向上的力量，升华为足以回馈给社会的丰厚赠礼。如今，惠绵是我们这群朋友中唯一攻得博士、留校任教的学者。她用赵老师待她的方式对待学生。五月母亲节后，在惠绵家发现花瓶里插了三四十朵、每朵系小卡片的康乃馨，她腼腆地说是学生给她的惊喜，当下令我们这些老友羡慕、妒忌不已。赵老师在惠绵身上放了星钻般的爱的种子，如今惠绵开花结果，亦将美好种子与学生分享。学生们会成熟而投身社会，若得天时地利，其身上的种子亦能枝繁叶茂而与更多人结缘。惠绵的学生不识赵老师，学生的学生不识李惠绵，然良善之人、洵美之事运行不息。三十年前，一位年轻老师永不放弃的意志启动了爱的循环；三十年后，一个知恩图报的学生架设了善的轮回。师者，岂是微职小事？

身为肢体不自由者，惠绵一路成长遭逢的歧视与恶意罄竹难书。包括，大学时某次购"残障优待票"欲搭国光号返台南，入口处检票员要求惠绵出示"残障证明"而她正巧忘了带，检票员完全无视于这位身穿支架、腋拄两支铁拐杖的女孩，答以：若无法出示"残障证明"即不可享受优待，需补足票款（这例子或可如此解释：那位仁兄可能是公务员楷模，揣度惠绵为了节省数十元车资佯装肢障，故予以严拒）。包括，某晚，惠绵授课后骑三轮摩托车返家，一位肢体矫健（恕我如此描述）的机车骑士自后方逼近，迅速抢夺惠绵置于车篮内的大皮包扬长而去，致使她授课用的讲义与记载多年研究心血的笔记化为乌有。又包括，和平东路师范大学门口，惠绵受邀担任某系研究生口试委员，警卫先生拦下她的三轮摩托车不给进。惠绵出示公文，对方仍然不给进；软语央求请他念及行动不便若走路需花费三四十分钟将耽误口试大事，警卫仍不给进。惠绵只好借电话请系主任关照，这回给进了。临行，他一脸冷漠地说："你不要给我乱停车啊！"她忍住委屈，答以："我像会乱停车的吗？"接着，这位警卫先生说了一句刻骨铭心的话："算了吧，你们这种人！"再包括，南港区"中研院"，这辆停放妥当丝毫不影响其他汽车进出的三轮摩托车仍旧引起警卫的关切，省略情节只录对话，那人如是说："牵走牵走，那是给院长跟贵宾停的……要方便，你停到大厅来好了……十分钟？一分钟也不行，有碍观瞻！"

我之所以不厌其烦地转述不足挂齿的停车小事，乃因我的老友绝望地说："不管再怎么努力证明自己的能力，我永远被另眼看待！"我无言以对，却开始体会，身为肢体不自由者终其一生必须经历的那种铺天盖地的鄙夷与无所逃遁的悲哀。在体会中，我才发现凡人的慈悲因裹藏着"肢全对肢障"的绝对权力而处处显出虚假。在未臻文明的社会,尤其是笼罩于某些偏颇的民间信仰的我们社会,智能或身体不自由者被认为是前世作恶故今生罹此残疾,既是业障果报,又是罪有应得,则恣意讪笑之、嘲讽之皆理所当然。如此根深蒂固的观念进驻潜意识底层,遮蔽我们的眼,视他们为次等公民;支配我们的嘴,称他们是不完整的人!是以,肢全者对弱势族群的姿态永远是高高在上,而任何作为,皆免不了有"施恩"嫌疑。摆在这种"集体潜意识"里检视前述的停车事件便能豁然理解,"你们这种人"与"有碍观瞻"之语乃诚实地呈现其潜意识而已。他们不见得是十恶不赦的坏人,他们只是行使"绝对权力"的最不起眼的两个人。

我所认为"虚假的慈悲"即在这里,连小小的停车位都疏于设想、吝于给予,那么,还能奢望这社会给予"爱情""工作"及任何一个身体不自由者或努力做面包的喜憨儿皆应享有的"尊严"吗?

相识相知二十年,我深深感受到不自由的身体里,惠绵那一颗皎洁且漂亮的心。我永远学不来她的热情与炽烈,也做不到如她般见义勇为——碧惠说得最好:"惠绵,你为什么不提你为我们做了多少事呢?"如今,老友将成长历程化为文字,我逐字逐句捧读而泪眼模糊。一个人出示她的伤痕不是为了博取迟来的同情,而是为了提醒那伤人的力道切莫再伤害任何一个身体不自由的人。一位学有专精的学者揭露泪水满溢的成长心路,不是为了控诉苍天无情,乃为了缴交她所寻求的生命价值与圣美之事——包括,父母与家人联手奋战、赵老师的无私大爱、师长之提携呵护、朋友的真情相待,遂使原本残忍且冰冷的宿命,逐渐发热,成就一方有阳光的世间。我不免臆想,若苍天是有情有义的苍天,四十年前在一名小婴儿身上放置重轭时必然如此承诺:"在遥远的未来,若你抵达我心中的那座山,攀至峰顶,你将看见只有我才能看见的风景。那时,你会明白,我没收你的脚是为了让你飞!"

四十年来,惠绵靠着旺盛的生命力与奋懈不已的战士精神,终于抵达这山了。

十二岁时,惠绵遇赵老师,靠他力而得以脱胎;于今检视半生行旅,在缺憾处提炼生命价值、于残破中挖掘爱的矿脉,借冷暖涵养善的火苗、凭无情再生感恩之心。这番化沧海为良田的功夫,乃文学殿堂内依己力而完成的换骨之举。既已脱胎换骨,则有情有义苍天的承诺将会兑现;从今以后,惠绵当能迎风而飞。

如今,好友们星散各地而真情仍在。阿燕侨居异域,阿但落籍台中,碧惠定居中坜。我们不约而同把赵老师与惠绵的家当作情感上的另一个娘家;每回相聚,载欣载奔的心情宛如赴"女五"106室。

情感变淡变薄甚至变质乃自然之事，因地球是动的。能维持二十年仍有青春香味的情谊诚属难得，令我不禁想象，这份情谊大约被藏在大树浓荫的鸟巢里，才得以躲过炎凉吧！

也许，二十年前那个萧瑟秋日，有个没事儿揣几条红丝绳溜达的精灵见我头低低地走路觉得好奇，遂尾随我踏进"女五"106室。一个也不少，就这么以红绳为我们系腕。

绳的另一头系在哪儿？不绑富贵浮云，不绾宦海浮沉，那精灵半是淘气半是认真，将绳头系在路旁一棵不起眼的小树上，自个儿捡石头在树身刻下一行歪歪斜斜的字：不许解开的，姐妹情深。

在我发间纠缠的思念

"世间有许多事不能勉强,思念是其中之一。"

收到那张玫瑰色邀请函时,我正在朋友的小屋度假。转了两手之后,某个初春下午,一大批信件、杂志交到我面前。特地帮我带来的朋友临走前摇下车窗,嘲笑着:"你呀,红尘中打滚的,连这都放不下!"

对贪心者而言,放心不下的人、事,总是愈来愈多,直到肩头沉重、快喘不过气了,才想要走避。度假是最便捷的躲避方式,一切眼不见为净,让束缚的心得以松绑。然而,贪心者是世间一等脆弱、缺乏安全感的人，必须时时被人事网住才能肯定自己的存在意义。因此，身在山林，心系红尘，脑海里浮浮沉沉仍是那一大锅人事，像暴风雨侵袭的海面，一阵阵怒涛卷起人畜屋宇般，永劫不复。

望着茶几上那沓信件，想起朋友的话，不禁羞愧起来。我确信每一封信都清楚明白写着我的姓名与住址，似阔别的友人清楚明白呼唤着我，但我不能肯定了，寄信者是以纯净的灵魂期盼与我交谈，抑或是交由秘书寄发的一封封俗套的嘘寒问暖。

那沓信件一直躺在那儿，山间的阳光穿透玻璃窗在它身上嬉游；清新的山风溜进来，挪动上面几封信的位置；美丽的灰尘也来了，枯干的残花碎叶，静静地趴在信件周围小憩。

我还是没有拆阅。像在人与鬼交叠的世界，啼哭与讴歌各自放声，但听在对方耳内，又觉得分外安静。

朋友来接我下山，他对我在小屋住了十日，而屋内陈列未被移动感到讶异，我微笑以答："想开了，在山间鬼晃鬼晃的嘛！"我心想，如果能这样，也是一桩大修为，住世而不陷入世间泥淖，一身自在。

信！朋友拿起茶几上那沓信件交给我，谁的柴米油盐就下谁的锅。也因此，北上的车程中，我又看见那张玫瑰色邀请函，夹在眼镜公司打折消息与信用卡账单之间。

通常，会选择暖色系印花卡片，不外乎是喜事。乔迁、新公司成立、结婚、小孩满月、新产品发表或颁奖。在职场上翻滚多年，对这类卡片谈不上好感，它意味着锦上添花，离它原始的"分享"意涵已远，有时更沦为肤浅的社交拜拜，花篮不可不到，人不可不出席——虽然，心里嘀嘀咕咕，宁愿回家泡热水澡。

发信者是另一位公司的朋友，我当然记得她，一个非常有活力的中年女人。我首先想起她那充满权威的笑容，以为她又开了分公司，邀请远近亲疏参加成立酒会，像大都会人际网络提示我们的那样。

派个花篮去！我的反射思维立刻出现。但接着有数秒的停顿，五个月前，我们见了一面，甚至在她家共进午餐，她的老母亲异常高兴地为我们准备了什锦面。

五个月前某一天下午，我接到她的电话，寒暄之余，她直接说明请我帮忙买一套书，我说："是我编的，买什么买，送你。"有人想看书令我欢愉，常常不及核计便出手送人，其实是自掏腰包了账的。于是，她说："应该请你喝咖啡。"我爽快地说："好啊！约个地方，我顺便带书去！"接着，她的回答把事情带往完全相反的方向，她说："我在生病，不方便出门。"

她的声音平和，听不出异样，就算有，也不会比骑车跌倒撞断两颗门牙之类的激动，因此我以为了不起是重感冒，以至于用至今想来非常不当的口吻说:"谁叫你赚钱赚疯了,强迫休息了吧!"

她说:"是癌。"

如果世间事可以任意截断,我愿意花工夫学习句读妙法。当我们在事后饱尝苦楚,于灯下检视伤痕累累的心时,常仰首望着沧桑且无邪的星空,回想事件之缘起与流程,叹了一叹,自语:"要是我不打那通电话……"一封信、一次通话、一道出游、一回莫名所以的回眸微笑,故事的关键点常常暗藏在稀松平常的细节上。我们总是要等到悲剧发生了,心海里满载希望的小帆船沉没了,才能发现致命的转折点在那里。如果学会句读,具备无上妙眼可以洞悉事件的关键弯路,那么就可以提前抽离,就像强烈台风登陆前夕,你飞离岛屿。

换言之,那通电话里,当我说出欲赠书而她要回请咖啡时,如果我改口:"下回好了,对不起我现在正好有事要出门,我们再联络!"那么,所有的事情将与我无涉,我不必因之或悲或泣。

偶然,这就是偶然的力量,用蚕丝、水光与流萤般的隐秘线索让两个异路人聚合,不是为了颠覆命运、扭转恶路,只是为了擦出微微的安慰。这世间到处有大痛大苦,"偶然"发了点小慈悲,让这人搂着另一个人,在彼此未能细究的珍贵时光里,说着慰藉的言语。

我说:"明天我去看你,可以吗?你给我住址。"

她比我想象的好很多,容貌上一点也看不出生着重病,甚至比早先美丽。她自己也幽默起来:"没生病前忙得像黄脸婆,生了病反而像贵妃。"我心里甚是讶异,她的美丽有从火宅冰窖挣出后,来到青翠草野张臂呼吸的那份雍容,因为忘了仇忘了恨,忘了狼狈忘了酸楚,所以虚弱的脸庞显得空旷,像雪融后的大山,静静栖着一朵晚霞。

她仍然健谈,躺在沙发上,缓缓述说罹病经过,虽然不时因喘气需休息,但她充满信心,幸运地遇到良医,医生为她设计了疗程,按部就班,她觉得有所进步。

"太好了,你是我听过中最幸运的!"我感染了她的乐观,"下回到外面喝咖啡,你欠我的哦!"

老母亲照料她,当时正好中午,我起身欲告辞,她留我:"一起吃碗面,简简单单,你陪我吃,说不定我的胃口好一点!"她请老母亲煮两碗什锦面。因此,我看到白发苍苍的老人家脸上露出了笑容。

我完全不想回顾我与她交谊的经过,除了断简残篇,更是清淡如水。相识总有十年吧,工作、生活上鲜有交集,但彼此认定对方是跟自己相同质量的人,也就放在心内较昂贵的区位,无须透过世俗管道提醒对方记得自己,像山野间总会看到蝴蝶,因为你知道，繁花在那儿绽放着。

她吃得很少，而我反常地，吃得非常多。她笑起来："是你陪我吃还是我陪你？吃多点好，你太瘦了。"

我将碗筷收进厨房，有机会浏览屋内陈设，嗅觉告诉我这间高级公寓里只有女性气味，没有家居男人。

于是，她轻描淡写多年前那失败的婚姻，一段痛心，一笔庞大债务，一个年幼的女儿。够了，就这三样东西我就知道她的路长什么样子？没有一个女人天生想要发狂地赚钱，如果背后没有巨大的痛。

她说："我不恨他。"那声音好比在说我不抽烟，我不喝酒般天生自然。

没什么好担心的。她的秘书捧来当日急件，要她定夺、签署，我顺势起身告辞。我们没花太多言语在告别上，一切都在掌握中，没什么好担心的。

就这样过了五个月。

邀请函的信封是淡粉红色玫瑰印花，常见的喜气，虽然称不上雅致，但有一种迫不及待的架势要告诉你喜悦之事。我拆开信封，卡片的正面嵌着她的照片，盛开的玫瑰花如一阵急雨在她周围缭绕。

里面写着："我们亲爱的朋友走了，与癌症奋战两年之后，于×年×月×日×时合上她的美丽眼睛。"

我望着窗外快速后退的繁华世间,觉得车子再往下开,会飞入无边无际的海。黑暗中,有一滴泪慢慢从我枯涩的眼底往上浮升。

"她很遗憾无法在生前亲自向朋友们告别,所以特别嘱咐举行这一场约会,邀请您来聚聚。她认为生死是自然之事,不需要眼泪与悲伤,她希望在她喜爱的古典音乐声中,老朋友们见见面、叙叙旧,最后彼此道一声再见。"

我错过了这场约会。

一个人就这么消失了,活的时候活得力竭声嘶,行到终点,反而潇洒豁达。她是有贵胄之气的。

邀请函放在书桌上,后来夹入札记本,灯下跟自己吐露心情时顺道望她一眼。

"那么,就在我的稿纸上跟你喝咖啡。"我在札记上写着,"错过了约会,相信你不会介意。旅行者最能了解另一个旅行者无法赴约的理由。其实,我们已经告别过了,不是吗?你故意要我到你家去的,对不对?你看着我饥饿地吃那一碗面时,你已在眼底心里向我说再见了……"

我继续写着:"我不是一个会哭哭啼啼挽留别人的人,也不擅于用华丽的言语装饰人际关系,我只会很笨拙地把思念埋在发间,让野风吹拂,雷雨浸润,看着它恣意抽长,直到承受不了,一把剪去满头的思念。"

然后,在日渐清冷的年华里,看它重新纠缠。

妈妈手掌股份有限公司

事情看起来蛮美好的。

当你牵着一个小顽童上街购物,大部分的店员小姐会以夸耀、澎湃的神情说:"哎呀!小弟弟,你好可爱哟!几岁呢?"这小子已学会报数,竖一拇指一食指,大声答:"懒——岁!"你不好意思地补充:"刚满两岁,发音不标准!"店员不知怎地羡慕得口水快流出来:"这时候的小孩最最最好玩了,像小天使好可爱啊!来,阿姨送你一个气球球,你喜不喜欢气球球呀?"

气球?你的脑海浮出一串乱码:我不就是超级大气球吗?成天被他斗得气鼓鼓的!还说可爱?可(咬牙,自齿缝发音)——

爱个头咧！天使？我这种人怎么可能生出天使？你自言自语的内容，像个粗鲁的妈妈。

所以，让我们承认吧！"妈妈手掌股份有限公司"早已剪彩、开幕了。这公司的主要业务是，妈妈用手掌打小孩的屁股。

怎么可以"打"小孩呢？人道主义者、宗教家、心理学家、教育家一起怒视你——即使只是心里浮现的画面，也够你惭愧好一会儿。不过，这种"愧疚"药效持续不长，如每十二小时得吃一粒的咳嗽胶囊，你的"愧疚"也进入量产阶段。换言之，每日，你都有强烈欲望竖起手掌——为了不打他，只好打墙壁、枕头或蚊子。

依我观察及体验，能够不以手掌相向的人大约是：一、修行已臻菩萨境，能以大慈大悲涵育"顽皮"众生。二、非亲自照顾小孩者，当小蛮牛作乱时，他不在现场，故不必收拾残局，自然能持盈保泰、心宽体胖。三、有人协助，譬如，家里请了管家、菲妈。

如果不属于以上三类，那么，那位原本气质高雅、举止端庄、声音宛似黄莺出谷的女性，就这么进入女人生命中最响亮的"破锣"阶段，镇日龙眼（杏眼已失）圆瞪，扯开破锣大嗓，朝四面八方练丹田。

若有机会纠集家有一岁半至三岁幼儿的妈妈们，请她们尽情倾吐"小人国历险记",那场面想必十分疾言厉色;咬牙切齿者有之,顿足捶胸者有之,声泪俱下者有之。她们使用最多的词汇是,皮得不得了、耍赖、固执、不讲理、乱吵乱闹、霸道、人来疯、死磨滥缠……她们愈讲愈火热,渐失妈妈的风度与修养,简直像一群火鸡母。

（如是,教育家、心理学家、宗教家……又怒视了：你们竟然以粗暴的语言恣意攻讦天真、活泼的孩子,你们应该接受再教育,学习怎样做爱心妈妈！）

其实,没有一个爱美的女人希望自己变成破锣,没有一个妈妈（若心智均属正常）喜欢以手掌跟自己的孩子沟通。

事情之所以发生,通常都是在屡劝无效、缺乏时空条件、具危险性且已磨破耐心的情况下。那瞬间,一个妈妈被"挤压"到近乎肝胆俱裂的临界点,为了自救、阻止小孩受伤或转移情境,她变成一只呱呱大叫,会打小孩手心、屁股的火鸡母。

让我们别说得那么深奥,不妨举几个较通俗的实例,欣赏欣赏小人国的综艺节目内容。

⊙喜欢摇所有家具的"脚"。双手抓着桌脚、椅脚、柜子脚、立式台灯脚、晒衣杆、电风扇脚……拼命摇,你好言相劝不下五十遍,甚至表演一台脚受伤的电风扇的痛苦样子给他看,希望他感同身受。五分钟后,摇瘾又犯了,抓着台灯摇摇摇！你扯开喉咙大喊,他一溜烟跑入厨房,空空空!你大步进厨房,差点晕倒,他正在摇瓦斯桶!

⊙喜欢磨时间。你愈急,他愈磨。凡换尿布、洗澡、穿衣、洗屁股、吃饭或急着出门时,他就磨兴大发。为了换尿布,得老鹰抓小鸡十分钟,为了叫他进澡盆,得拖拖拉拉二十分钟,终于来到浴室门口,他指着澡盆说:"踏烫(太烫),妈妈加加!"意思是要加冷水。你的龙眼瞪得圆滚滚的:"你碰都没碰,怎么知道烫?"他就是要你加冷水,你只好顺从。他还在磨蹭,你火大了,讲的话不太好听:"那是澡盆,不是油锅,下去!"

⊙喜欢制造噪音。譬如,手持门把连续撞墙二三十次。站在沙发上,持续拨动墙上挂画,使之呈弧形摆动,框角在墙上刮出黑色半圆形。用力甩开冰箱门,使之撞击流理台,发出瓶瓶罐罐颤抖的声音。搬凳子垫脚,将音响旋至最大。

⊙喜欢挥洒东西。洒洗衣粉、牙签、棉花棒、米,或是趁你不注意,拨开收纳柜,取出已开封的绿豆、红豆、黄豆、燕麦、荞麦仁、薏仁、莲子……洒呀洒呀快乐地洒呀!你看着"一畜旺盛、五谷丰登"的场面,也傻了!

⊙喜欢挖鼻孔。时不时伸出小食指,跑到你面前,热呼呼地要你看:"妈妈,鼻涕虫虫!"说完,抹在你身上。你板着脸说:"你喜欢人家把鼻屎耳垢抹在你身上吗?如果不喜欢,那你也不可以把鼻屎耳垢抹在他人身上！"转念一想，这话对两岁小孩而言稍嫌深奥，立即简化为："不、可、以！"

⊙喜欢抽面纸。咻咻咻！一盒面纸抽光了，雪白面纸如一大群鸽子栖息在地板上。

⊙喜欢"支配"计算机。此项不必细表，从他学会操控鼠标的一岁十一个月开始，你休想再坐在计算机前。你变成计算机仆人或技工，"妈妈，脑！"他要你帮他开机。"妈妈，服！"他要你放"艾洛伊舞台秀"那片光盘，玩穿衣服配对游戏。"妈妈，修修！"他又乱按了，要你把画面叫回来。

⊙喜欢将玩具、图书全倒在地上。你弯腰驼背收好一篓积木、一盒拼图、一抽屉结构方块、一箱齿轮组合玩具、一小盒跳皮方块、一桶球……他冲过来，哇哇叫，将所有玩具全倒在地上。你气得脸都绿了，指着他很不客气地说："好好好！再帮你收玩具，我就叫你爸爸！"晚上睡觉前，你还不是乖乖地又收一遍。

⊙霸道、独裁。完全不肯等，要你立刻为他做事。即使你说了一百遍"等一下"，他还是用吵用闹用尖叫要你马上办。

⊙喜欢玩水。才一眨眼，他已溜进浴室，青脸蓬头如关公耍青龙偃月刀，什么都湿了，包括毛巾、卫生纸及站在门口的你。

⊙出了门就不想回家。带他出门散步、购物或运动，一到回家时刻即当场耍赖，若不赶时间也就罢了，偏偏心里急，这小子

红尘亲切 —— 191

又屡劝不从，只好来硬的，如水族馆工人扛一尾手舞足蹈、大吵大闹的鳗鱼。

⊙喜欢玩特技表演。从窗台、桌子往下跳，搬椅子垫脚要拿刀、抱热水瓶，欲钻入洗衣机、烘衣机内槽（别忘了，有两个小孩就是这么闷死的）。

⊙喜欢玩垃圾桶、电线插头。这一项亦不必细数，反正就是掏呀翻呀抓啊！拉呀扯呀拖呀！

⊙不好好吃饭。面前一碗拌了菜的饭，他还不大会说话就老气横秋："胡萝卜不要！"你笑着说："不吃胡萝卜，以后交不到女朋友哟！"他又有意见了："冬瓜不要！"你脸上的天气不太好，说："不吃冬瓜会变傻瓜，你要变傻瓜吗？"他持匙翻察那碗饭，你来火了："你监察委员啊？抓弊案啊？"他开始反击，将饭菜吃得到处都是，厉害时还饭翻、汤洒、碗破，往下一系列欲哭无泪的收拾工夫不必细表，单说帮他换衣时发现连小鸟鸟都粘了饭粒就知道"灾情"有多严重。

其余如上床吵、下床闹，破坏家具、玩具，人来疯，故意唱反调等，早已稀松平常，不足挂齿。反正，妈妈新兵经过操练之后已服膺这条铁律：天亮一睁眼，若小捣蛋没表演特技，没给个节目瞧瞧，二话不说，带他上医院，他一定病了。

再怎么咬牙切齿、捶胸顿足、心力交瘁、声泪俱下地数算小捣蛋的"特异功能",做妈妈的只是抒发皮肉之累而已。她们绝不愿自己的孩子生病(想想恐怖的日本脑炎、肠病毒、肺炎……)。若病了,心中自责的深度与痛苦,又岂是万箭钻心能形容的。

小家伙的皮法不输于同龄小孩。一岁半左右,当他做危险动作或玩不该玩之物时,我在告诫之后会说:"做错事,你自己打手!"他立即以右手打左手手背一下,等于是自我惩罚。这一招随着成长渐失效用,他的打法简直是敷衍了事,可见人的本性是律己以宽、待人以严,我的"手掌股份有限公司"不得不正式开幕。实而言之,效果不彰,因为大人乃小孩之镜,你打他,他也学着打你,母子俩以暴易暴没啥意思。我改用说的,好说歹说大声说小声说,说不通时则气鼓鼓地又说:"我生气了,现在开始不跟你讲话!"这一招也没用,他像个报马仔大喊:"妈妈生气了!妈妈生气咧!"完全事不关己。随后,我又研发"影武者"对策,利用他渴望同伴的心理,制造同侪压力。舅舅及阿姨家的阿诺、简熙表哥及妹妹,平日虽难得见面,却常常挂在他嘴边,仿佛已同在屋檐下,稍减寂寞。而"艾洛伊舞台秀"及"PB熊的庆生会"是他最喜欢玩的光碟,因此艾洛伊与PB熊也顺理成章成为影武者。当他捣蛋或耍赖、胡闹时,我只好端出一群模范生:"阿诺会玩瓦斯炉吗?不刷牙,妹妹会笑!你去问艾洛伊,出门时穿爸爸的鞋鞋对吗?人家PB熊都会自己收玩具,你两岁了还不会收!

简熙哥哥理头发都乖乖的,你也乖乖的好不好?……"这一招还算管用,尤其,他对十个月大的小表妹特别有好感,只要提"妹妹"名号,倒也能自我克制一下。后来,我又摸索出一招姑且名之"跳离法",当两人"僵"在一件事上——我要他回家,他偏不回家;要他洗澡,他偏不洗时,不妨暂时跳离是与否的选项,进入下一题选择。"回家后,你要吃果冻还是养乐多?"我问。"阿纳多要(养乐多,要)!"他说,忘记上一秒钟还僵着不回家。既然选了养乐多,接着的对话自然是:"妈妈把养乐多放哪儿呀?""冰箱!"他说,小手已牵着我的大手往家的方向走。不洗屁屁时,亦如法炮制:"你要带A还是B去洗屁屁?"他从磁盘上选了字母A,既然有了"洗伴",自是一路上二楼盥洗室。这么合作,当然得美言几句:"你最乖了对不对?"他手上还拿着A,也自己赞美自己:"姚远哥哥洗屁屁棒棒!"我只好附和:"是啊!A会告诉B,B会告诉C,C会告诉D,说姚远哥哥最乖了!"

(洗个屁股也得动用"一传十、十传百"之醒世箴言,可见老母难为,不仅需文武双全,还得口才、骗术一流!)

两岁小孩绝对是有能力使父母的病历表加长的小贼秃(指男孩,女孩较乖巧)。肠胃不适、手关节韧带发炎、肌腱炎、血压升高、胸口闷、失眠是较通俗的症头,因太普遍了,所以别的妈妈们不会同情你。事实上,当你咋呼咋呼地细述自己的某一根指头似乎不太对劲后,看到另一个妈妈沉默地拨下衣服露出贴满辣椒膏、麝香虎骨膏的两坨肩膀时,你除了闭嘴大约也只能颤抖地问:"你你你确确定……你生生生的是……人?"当然是人,只不过具备老虎的精力罢了!

　　作乱之余,两岁的小脑子也懂得呼风唤雨。有时,小家伙会故意逗我玩,跑到我面前叫:"姚妈妈!"我故作惊讶:"什么?你叫我什么?"他一溜烟跑开,笑得连放两个响屁,又叫:"姚妈妈!嘻嘻嘻!"若问他:"那爸爸叫什么?""姚爸爸!"他说。"那你呢?""姚宝宝!"开心得好像发现新大陆。他自己发明的这种逗乐法也用在名字上,当我问他:"这位先生,请问你叫什么名字呀?""姚——远!"他说。"爸爸叫什么名字?""庆(他只会说一个字)!""妈妈叫什么名字?""简——姨!"他说。"嗯!很好!"我说。接着,他立刻改口:"剪——刀!"说完,嘻嘻哈哈跑开,一面自己讲:"蹄——髈!"他知道我要捏他大腿前会说:"小心你的蹄髈!"

　　当他想表达热情时,那种亲密是凡人无法抵挡的。他会突然赖在我身上,说:"掩映拿掉(眼镜拿掉)!""做什么?"我故意问。他已搂紧我的脖子,说:"亲!"随即自动献吻,张开嘴巴在我脸上涂抹。"哇!这是哪一国土著的亲法?都是口水?"《感官之旅》提及新几内亚某部落中,人们互道再见的方式是把手伸入对方的腋窝，抽回之后再抚摩于自己身上，借此沾染朋友的气味。小小孩喜欢在亲爱的人脸上涂口水，或许两者皆是返璞归真的表现吧！

夜深人静，如果还有一丝力气可供思维驰骋，应能领悟，人类文明的确是从反叛、探险起家的。七百多万年前，老祖先们若不反叛四肢爬行律则改以直立行走，岂有今日世界？小小孩所展现的惊人活力与大无畏冒险精神，或许正是一种密码——唯有携带这密码的基因能在地球上存续。他们极尽所能地破坏大人的生活秩序，并非只为了挑衅，而是老祖先古灵魂正在激活他们的密码，测试本能、灌注潜力，让这小小的身躯将来有能力肩头一顿，扛起半个世界。

而一个妈妈必须具备气吞山河的胸襟，站在一旁，见证小小孩成长。

如是，系铃与解铃仍需妈妈，"手掌股份有限公司"还是早早关门大吉才好。天一亮，当倭寇（他不及一百公分高）转动贼溜溜的眼睛，伸展灵活的手脚，半个钟头内，在你叮咛、请托、告诫不下三十次的情况下，仍然摔碎两颗西瓜时，你一定得用超强的意志力告诉自己："暂停！冷静！别生气！"你只要想象某家医院手术室前，身上沾染血迹的医生面无表情地向一个妈妈宣告她的孩子已急救无效的画面，你就会在一秒间转换视角、扩张胸襟，重新看待这件事。你会万分庆幸，只是摔破两颗西瓜而已。

剩下的事很简单，除了喊小土匪过来申诫一番之外，就是取抹布收拾残局。

西瓜是甜的，你最好搜出成熟人都有的幽默感，说："唔！这一大块还挺好的，等爸爸下班回来，给他吃。"

白发

她一到放学时间就心灰意冷，走在红砖路上慢慢晃回家，像一只落地的残鸟。

她的家住在商业区的大厦里，宽阔的中庭花园，可惜只是摆给外头的人羡慕而已，住在里面的人不是早出就是晚归，连种什么花都不知道；她虽然注意过这些花木，可是不知晓名字，也懒得问，算来也是归为不及格的。但她有她的理由："我不知道它们的名字没啥稀奇，我爸妈有时忘了我的名字，那才稀奇咧！"

她掏出钥匙开铁门，放弃电梯，改走楼梯，她家住十楼，她这么做，才符合"高处不胜寒"的心情；她喜欢楼梯的拐弯抹角，及其狭窄、阴暗、悬疑的效果,她一盏又一盏地打开壁灯,也不关它们,心里想:"到第十盏灯亮的时候,就到家了。"像卖火柴的女孩。

到第八盏灯亮的时候,她忽然放弃这些努力,心里抱着一线希望:"也许,今天她在家!"灵机一动,全身都活脱起来,赶忙搭电梯下楼,合上铁门,重新做一个来访者,按着她家的对讲铃,一长二短,这是她为自己设定的幸运数字。假如她在家,第一句话一定是温柔、和善地问:"喂,是哪一位?"那么,她也要装成很娇嗔地说:"请问是××女士吗?我是你的崇拜者……"她会一下子就听出是假音,一阵笑闹之后,换成威凛的声音:"还不快给我上来啊!"五次一长二短,显然是不在了,她有点懊悔自己的天真,这件事情变成是一件令她自卑的行为,进进出出的邻居会怎么想她?一个被拒在门外的人吗?一个无聊的人吗?

打开家门,偌大的空屋,她就似荒城上的寒月。她的游戏之二是,走到客厅的中心,朝天花板尖叫一声:"啊……"这是她的礼仪,她想象自己是住在丛林里的原始部落,这样尖叫之后,家人就会闻声赶来。但是,除了空气振动,尘埃四散之外,什么人也没有。

她换下学生制服,心情极度阴沉,她想不清楚这个月以来她的爸妈对她说过什么话?除了"吃饭没?""功课做好没?""零用钱还有没?""早点睡,不要等我们"之外,似乎没有了。她对他们反感,她好似贵屋里的一盆漂亮的干燥花,也不枯也不乱,也不香。

世界对她而言,只是一堆莫名其妙的文法:主词加及物动词,再接名词;或者,主词加不及物动词,接副词……至于这些句子到底有什么意义?她完全迷惑。"你要用功!""你要学习独立!""你要记得吃饭!"这些句子到底在说些什么?或者,"爸""妈"这些名词,象征着什么,她无法诠释。

电话响了,她看壁钟,七点整,她知道是谁打的电话,故意不接。空屋被铃声响得几乎要粉碎,也许,家的意义只是四面墙而已,及一些住在一起的人。

七点十五分,电话又响。

"喂,妹妹吗?"

"除了我还有谁?"她恨她那种习惯性的谨慎小心,讲话跟签合约一样,字字清楚。

"吃饭了没?"

"……"

"喂,妹妹你大声一点,我这儿很吵!"

"你在哪里?"

"餐馆啊,今天爸妈请吃饭,你忘了?"

她心里跳动着,她的意思是要她赶去餐馆一起用餐吗?"妈,对不起我忘了,你在哪家餐厅?我现在就过去!"

"你过来做什么?我们还要上阳明山呢!我的意思是你吃饭了没?"

她觉得被击败了,被自己的母亲。

"喂,妹妹,怎么不说话?"

"吃过了,妈。"

"吃什么?"

"麦当劳。"

"好,晚上早点睡哦,不要等我们,答应了吗?"

"嗯!"

"我要挂电话了,你还有没有什么话要跟我说?"

"没有。妈。拜。"

她第一次先挂她的电话,心里有些快感。

电话又响。

"喂,妹妹,忘了告诉你,补习费放在你的抽屉里,明天记得缴哦!拜拜。"

她拿着话筒听"嘟嘟嘟"的声音,真像呕吐的声音。

她拨通"一一七":"下面音响,十九点二十分四十秒……嘟。下面音响,十九点二十分五十秒……嘟。下面……"

她又想拨"一一九",如果拨通了怎么说?"××餐馆失火了,快去!"还是"××大厦失火了,快来?"

她放弃这些游戏,觉得他们的规则太简单,脑子不太发达。

抽屉里果然有钱,崭新的紫钞票,也许是新的开始。她换上外出服,揽镜自照,眼神中闪动着复仇女神的野火。

晚间十二点整,在不夜城的街道上,行走着一名庞克女孩,绛红的蔻丹、紫色的唇膏、黑色的宽衣,她的削发染成半边白,在夜里若隐若现,如一群不想飞的寒星。

她沉默地走着,寻找战争,以及和平。

处方笺

不知从什么时候开始,出现那种动作,赶紧掏出笔记本,拔了笔套,记下某家诊所的住址、电话及大夫名字。有点像参加大考的学生,遇到高人暗中泄题,虽然不保证什么,但陈述者斩钉截铁的口吻真像报喜的探子。这样的窃谈引起其他人注意,投来狐疑眼光,带着难以启齿的尴尬交代原委,没想到对方的耳朵竖了,也要一份,小笔记本撕撕写写瘦了半册,原来,都到了校对肉体的年纪。

对从小带着小病痛,哼哼哈哈长大的人而言,半年个把月拎着肉体去见医生,不过是白斩肉沾酱油的程序而已,病已成为一种伴奏,像千金小姐生命里的小丫鬟。可是对身强力壮,从不串医生门子的人,忽然发现枕边躺了个小丫鬟,走到哪儿跟到哪儿,不免慨叹生命与青春逐渐褪逝的事实。虽然,小丫鬟只缠着头部、胃部或背部,无碍于白天在会议上慷慨激昂,或夜晚啜饮温柔的酒,谈点小恋爱。可是一想到她正哀怨地在身体的某部位打毛线等你早日归家,狂欢的兴致软了,还是早早带她回家躺下,比较负责。

这种转变的确影响生活,甚至以铜墙铁壁建筑起来的生命城堡,也发现渗水落漆的痕迹。年轻时,仗着蛮牛本钱,积极追求形上世界的圆满,如果有人在聚谈知识、争辩真理的圆桌上提早离席,只为了上医院看病,几乎要为他的生命默哀。当自己也到了按摩太阳穴、轻捶膝关节的地步,才知道那段岁月是多么宝贵地散发生命纯粹的光芒。那时的寂寞与孤独被允许无限度扩大,因为有坚强的肉体作侬靠,寂寞与孤独也染了生命的光,变成美丽记忆;当肉体开始倾圮,发出剥落的杂音,想要检视半生挣来的荣华,像黑夜里鉴赏宝石,分不清真伪了。

什么时候开始留意医疗常识及各大医院权威医生的名字,事不可考,青春已经消褪是个实情。与其说惋惜,倒不如说借着这种发现更接近生命的真实。仿佛刚下过雨的秋天黄昏,坐在公园椅,看见附近的楼房与行人都笼罩在飘忽的余光里,自己的倒影也浮贴在水洼上。这时候的心境,需要加件外套了。

离雪封的冬季还有一段时间，处方笺与药罐已经需要清个抽屉，让它们中西合璧。哪天想起来，带旧笺去找那位老中医，才知道医生出远门，到永远的雪国落籍。

寂寞的冰箱

"这些贴纸都买不到了!"他蹲在冰箱前面,抠掉一只瞎眼的大狼犬,黏胶死咬着冰箱壁,那狗仿佛不想走。

他随父母回台度假,异域一年半载,原来孱弱的身子被调教得抽芽,那种冒法非常危险,高瘦得不见肉脂,恨不得长大成人似的,可是神情仍然是十来岁小学生,他抠大狼犬的手势就是个孩子。

四年前,她打电话给我,需不需要冰箱,有两台呢!虽然旧的,性能仍然不错,丢了也可惜。她离婚时,带出来一台冰箱,再婚的这位先生,也有一台,都是小型的;他们新婚,按习惯重新购买家具,仿佛旧物染了过去的伤痛,不宜带进新房,新的已经来了,旧的未去,分外显得棘手。我交的朋友三教九流,人生的情节在他们身上忽起忽落,不知不觉清出很多沙发、电视、床、冰箱或者画眉鸟、小狗狗,我充当不设店面的跳蚤商十分老到,几通电话觅得新主,顺便叫合作密切的"神通货运",一路东西南北把货送到各家,每户酌收运费若干,宾主尽欢。朋友们互不认识,只有我清清楚楚谁家的电视纳谁的眼睛,谁的冰箱吃谁的啤酒。

其中一台"大同"牌的,给了一位单身汉,从北投搬到汐止,我连冰箱长的啥样都没见着,他倒是兴奋地在电话中大叫:"天啊!你该看看冰箱,全是贴纸,我连把手都找不到啦!"他希望知道这些贴纸是怎么回事,他的朋友来家看到冰箱,莫不取笑这位留美学人、年纪一大把的男子汉,搞童心未泯的把戏是否潜意识里有什么秘辛?他一遍遍解释,愈说愈糊涂:"我的朋友简嫃的朋友的现任丈夫与前妻生的小孩贴的!"人生乱如麻!要命的是没人肯相信,"算了吧!偷生的小孩贴的吧!叫他出来喊伯伯!"言下之意,我与他有什么暧昧。这下我火大了:"警告你那群烂嚼舌根的,再瞎掰,我租流氓揍人喽!"

头一遭,回头打探冰箱的故事,跳蚤商也得交代货物的沧桑史,非常人道精神,仿佛这一家的人生情节得随货送到另一家才算功德圆满。每样东西之所以被选中又被丢弃都有艰难的理由,尤其家具，曾经承受一家的甜蜜，又默默见证灰飞烟灭的终局。人事伤心，对象没理由继续存在，或丢弃、或转赠，说不定从苦命鸳鸯跑到欢喜冤家的手里。我一向谨记跳蚤商的操守，不说穿货物的身世，除非旧主飞黄腾达，属"欢喜抛弃"这类的。实则而言，人生无喜剧，货物身上多的是斑驳记忆。碰到好奇的新主，打探货物隐私的，我若有好心情就编一席合家欢的谎话哄他们，若心浮气躁，就直截了当："沙发就是沙发，坐就是坐！把你们小两口坐肥了，换套新的，爱扔不扔随便，问那么多，烦！"

十三年前吧！朋友的现任丈夫在台北工作，他的新婚妻子住苏澳，夫妇两地奔波，一周聚一次，不久，生了儿子，仍然南北分离——至于为何如此，则有不得不的情势，人生实在没啥道理可说，当事人既然拗不过它，听者也就认了。刚做爸爸的他，买了这台"大同"冰箱安在苏澳，专冰些婴儿食品、奶瓶之类的，母子身体都不好，渐渐又冰进药补、秘方之类的。这冰箱打从插了电，肚里就不像个家，一般新婚家庭的鸡鸭鱼肉、奶油、隔夜菜、水果、布丁、养乐多，它全没尝过，成天一股中药味在肚里打转，仿佛它也是个病胎。几年后，小孩三足岁了，做母亲的又怀了第二胎，总算迁到台北，冰箱也牙牙学语住在一块儿，眼看有像样日子了，怎料难产，连人带婴冷在手术台上。医生管不了的事儿，葬仪社管得了，买副棺材冰进母子一铲子埋了，可是活着的老父幼子谁来管？活生生的日子比什么都可怕，一个等老，一个等大；一个希望老得慢一点，一个想要长快一点！父子俩抹泪搬了家，拖着那台冰箱像牵一条忠狗。

失娘的孩子在保姆的巴掌上流浪，换了八个欧巴桑最后回到自己家里，谁都不爱带调皮孩子，同样价码换个爱睡觉的多省心。漫漫长日，孩子学会从幼儿园回来自个儿掏钥匙开门，打电话给爸爸："回家了，再见！"学会开冰箱找点心，打电话给爸爸："吃完蛋糕了，再见。"学会含温度计，打电话给爸爸："没有发烧，再见。"傍晚时分，学会看卡通，支着耳朵，听巷弄口传来男人的脚步声，爸爸带回晚饭便当及贴纸。

贴纸，五形的新奇世界：玩球的猫咪、啃红萝卜的小白兔、飞跃的狼犬、穿披风的米老鼠、吸烟斗的顽皮豹，唐老鸭踩着大脚板上街给小鸭仔买生日礼物……每一张都是纸，附了背胶，仿佛撕开时，它开始呼吸，有了心跳，贴稳了，它就开口欢呼："这是什么地方？这小孩是谁？"他要求爸爸多带点贴纸，而且不能重复。

当做父亲的穿梭各文具店搜购新颖贴纸，有一个热闹的世界在孩子心中成形，他似乎不满意把贴纸零零星星贴在书包、铅笔盒而已，遂违反那年纪孩子喜欢将私有玩具带到学校展示的习惯，他看中雪白的冰箱外壁，将贴纸井然有序地贴上去，仿佛替它们找到家：猫咪的邻居是唐老鸭，兔宝宝啃的红萝卜是大狼犬家的，上千张大大小小的贴纸完成一座热闹的小区，孩子以想象给自己造一处乐园。现实的童年寂静无声，他像个隐形人随时进入乐园摸摸小狗的头，揪揪兔耳朵；那世界既是动物的天堂，也是突击战士的丛林、无敌潜水艇的海洋，满足孩子的英雄幻想。他们也过节，红袍的圣诞老人背大布袋，每天都是圣诞节，每个生命都领取礼物。现实的节日里，有人送水果、中秋月饼，他把"信州苹果""莲蓉双黄"贴签也送到乐园，那些可爱动物也分享红苹果与月饼点心了。

"百分之百纯棉，S、L是怎么回事？"我问他。

"爸爸跟我的内衣贴签嘛！"

他把父子俩的身体也送进去，像个大家庭。可是仍然缺少女主人，他上哪儿找妈妈的衣服贴签？

"你看，这只狗长大了！"他蹲在冰箱前，指着下壁一角，果然黑茸茸一只大狗，我沿着他的指头看，才发现从上到下埋伏了一条狗的成长历程，虽然形体各异，可是他认为是同一条，那神情仿佛狗是他养大的，一直朝他撒娇！

那台冰箱变得重要起来，所有的功能挪到外壁，像个不说话的胖保姆，肚里是摄氏零下，表皮肤却泛着红润。孩子的小手在它身上摸摸索索，把自己拉拔大了，全然不在意躺在遥远墓域的母亲还冷着一团心事,父亲窝在红尘里核算二人的前途,老花了眼。

冰箱在单身汉家住不到一年,娶得如花美眷后,转手捐给新成立的公司,专门冰些馊了个把月的便当、烂西红柿,一拉门,腐臭味儿冲鼻,像闹病的肠胃。没人清洁它,大半时间就冰它自己,一粒小柠檬纠成小骷髅头,活活饿死的样子。我看它怪可怜的,外壁贴纸经年吃了水汽、灰尘,渐渐模糊,横尸遍野像淹过水的天堂。我出了个价,若他们换新冰箱,不妨卖给我。跳蚤商干这种事还是头一遭,货物出门都是赠送的,我却兜了大圈子买回自己身边,算盘颠倒拨了。

它跟着我,日子不见得舒坦,一个单身人家,常忘记吃饭这档子事,光会买菜,塞得满满,它的胃没空过,想必也不是它要的家庭味儿,十来年的老式冰箱在人间流浪,居然没出毛病,大概还在巴望甜蜜家庭的烟火吧!

朋友一家来度假,男孩进门瞧见冰箱,乐得像见了亲奶奶,数遍贴纸的来头。他长大了,冰箱老了,可那些贴纸仍守得紧紧,仿佛一起等待总有一天小主人回来探望它们,摸摸它们,冰箱等着一个家。

个把月时间,一家四口(包括我)过着四菜一汤的日子。扶箸之间,恍若置身荒谬的梦境:朋友够当我妈了,却昵称我"小妹";她的先生长她一轮半,却又夫妇鹣鲽;而他老年得子,夹菜的手法像爷又像爹;男孩忽然喊我"姨"忽然叫"姐",搅得我头疼。人生无喜剧,各从悲凉的废墟走来相会,围着餐桌吃饭,竟浮起欢乐的光。如果不挑剔,倒也像一张从图画书撕下来的甜蜜家庭。当我们餐毕,一个洗碗、收拾剩菜搁冰箱,一个切新鲜水果、准备小甜点及晚间咖啡;两个男的在客厅阅报、看电视,十足是小学课本的美满家庭,能多久,是多久,不问上下文了。

第一次,我觉得自己是只成功的跳蚤,好歹弄来一张快乐的贴纸,宠了冰箱。

又记:半年后,另一位朋友挂电话:"买房子了,家具全部换新,有一台大型'惠而浦'冰箱,你帮我处理一下。"我即刻想到另一对夫妇家里的中型冰箱似乎嫌小了,平日找不到汰旧换新的动机,若不嫌弃,就太子换狸猫。电话中量好冰箱体积,旧爱新欢一切没问题,忽然问:"那我家的旧冰箱怎么办?""还怎么办,新欢入门,旧爱当然丢啊!""可是还好好的,很可惜,给你要不要?""我要你个头咧!一个人养两台冰箱神经病啊!""那你帮我处理一下。"我火速清查闲杂人等,有一位刚出社会,在外赁居的单身女性缺冰箱,可是空间仅能容纳小型的。我灵机一动,既然太子换狸猫,干脆狸猫再换公主,把旧的给我,我的"大同"给她,货畅其流。挂电话给"神通"货运:"请你听好,这次技术上比较复杂：你到南港载'惠而浦'，送到松山，跟他收五百元，把他家的冰箱送到我家，我给你三百元，再把我家的'大同'送到木栅，跟她收两百元，有没有懂？"

大功告成后，木栅的打电话来："天啊！吓死人，怎么那么多贴纸！谁贴的？"

"不准跟我提贴纸，我头疼！"跳蚤商如是说。

肆

相忘于江湖

春花锦簇,让给少年、姑娘去采吧!
这世间需要年轻的心去合梦,
一代代地把《关雎》的歌谣唱下去。

镜花

其实，是身在情常在的。不藏于袖口，不隐于步履，却在人人都有的方寸之地，情，蜷缩着、俯卧着、静静地露宿着。

而缘，十面埋伏。像破晓之时，朝阳自云巢迸出，千手观音似的洒遍光芒，遇于露，露便晞了，照着鸡埘，鸡便鸣晨，若是恰恰好停伫于河边洗衣少女的春衫上，那么，她必定要不自主地停了搓揉的手势，只为了将她雪白的臂沁于流咽之中，只为了一再地掬水而戏……这仅仅是一霎的时空，却已足够让一朵蓓蕾展颜、让一村子的人们醒来、让一个少女情窦初开。

那么，情是源源不息的一口古井，缘，则是偶来投石问水的天风。当石问井答之时，该会激出何等清脆的天籁？灌溉多少疲倦的旅者？开启多少丰润而枯竭而断灭的故事之首页？我且做一个"如如不动"的行者，驾着轮回的马车，奔驰于因果的树林小径，眼看着情在动静，眼观着缘在聚散，可以敬极，可以喜泣。

当车子开上高速公路，碧惠、阿但、我，也各自穿越记忆的丝路去想象我们的好友阿燕的容颜。明天，她要订婚，那会是什么样子？对我们这一群亲密极了的姐妹而言，这简直是个打击。大学时候，大家聚在一起唱"花戒指"，也只是唱着好玩，闹个浪漫而已，怎么也不愿想"花戒指"是真的。阿燕是第一个准备套戒指的，我们自然有小小的抱怨。尤其许久以前，在关渡那个夜晚，她借来赵老师的戒指，用每个人的发丝作绳，穿起金戒指在每个人的掌上算婚龄，那个夜晚多么静谧，她仿佛是个窃听天机的人，告诉我们谁是二十六岁？谁是二十八岁？谁又是四十六岁？问到她自己，戒指的摆图一直到三十多岁才出现圆形的轨道，她笑得无怨无尤似的说："好晚哦！好晚哦！"我们竟也都相信各人的命宫已定，也就各自去等待应验。没想到，不过数个寒暑，她的嫁裳已经缝纫好，想来，不免心中有恨。

但是，我又不安，婚姻的路莫测高深，她能不能历险境而如履平地？她若为人妻子，又为人母亲，她需要编织什么样繁复的五伦纲常？她需要多大的心力，才能擦亮"一灯如豆"的室家幸福?这些,是我们未曾涉足的不识之地,从来只想象过婚姻的甜,而无法想象它的苦。若她有任何迟疑,我们也只能手足无措地为她拭汗拭泪。到底,什么才是她婚约上最坚定的保证?什么是她疲倦之时,可倚躺的树荫?又是什么力量,才足够使她成为一口永不枯竭的水井,一瓢一瓢地献出自己?

而这些,也只是我的疑虑而已。下了台中,直赴阿燕家,我们都有一个憨直的想法:要尽情地与她执手相看,过了今晚,她就不是我们的阿燕了。等到真看到小两口欢欢喜喜地自外买花回来,我们竟也都忘了依依不舍的心情,跟着笑闹,倒像明天要一起陪嫁的丫头。阿燕的神采美极了,不是那种少女梦想成真的按捺不住,她的动静之间,竟有着母性的优美。她不必苦于等待,她自知姻缘是她生命中的一项天赋,日子到了,她只需展开双臂,迎接婚姻的蜜,也迎接那口装载蜜汁的重坛。她的美,在于那一抹眉目之间的自重自许,也在于那一种"天之将降大任于我"的不亢不悔。

第二天,怎么连阳光也晴得那般好!急急从借宿之处赶到阿燕家,她已换好旗袍,兀自坐在房里上妆,我们怎肯放她一人打扮?碧惠为她画眉,阿但司唇,我则负责梳发。画着画着,话便多了,挤在小斗室里,外头的廊深堂阔是外头的世界,我们交换着自家姐妹的珠玑语,好似忘掉再过一个时辰她就算出嫁。阿燕妈妈探头进来说:"时间快到了!男方要来了哦!"不!慢点慢点,我们还没有为她装扮好,我们要画上慈悲眉,点着软语唇,而三千秀丝得一一编织成妇之足式。当她一身灿喜走出闺门,我们乐于听闻她的良人向她赞叹:"我的佳偶,您甚美丽!"

三炷盟约香已插入炉里,两枚定身指套在手中,一杯同心酒饮于肝肠,夫妇,乃天人之道。

礼成之后,愈想愈不对劲,揪着这对璧人问:

"是哪一个天才定的好日子?今天是四月一日愚人节,是不是要愚弄我们呀?"

阿燕用她惯有的表情想了一想,说:"我们想做愚夫愚妇嘛!"

好个愚夫愚妇呀,阿燕!

浮尘野马

五月不是落梅天,但是,当她第一次出现在我的眼前时,我却不自禁地心头惊冷:"这妇人怎生如此憔悴?"

尔后,她把一件一件的家具搬进来:两口大皮箱、一台电视、冰箱、一对养在玻璃里的缎带花、床头柜、杯盘碗碟……还有一尊观世音菩萨。

每天我一进门,不见她人影。却闻得一室清香,菩萨案前供着鲜果,炉里香炷静燃。木鱼、课诵、经本都未动;菩萨兀自低眉,可能也没看清楚她上哪里去了?

我实在忍俊不住了,朝着她散置于客厅的家具一一打量。供桌上那条白色针织桌巾必是她自己钩的，针法之细、花图之繁复、四方角落之工整，她必定是个信仰坚定、极具秩序、讲理讲到底的女人。杯、盘、碗、筷、锅、勺一一捆好放在料理台上，我料准她是个母亲——除了在厨房里耗费过半辈子的人会携走这么齐全的器具之外，谁还会珍惜这些旧碗旧筷？那么，她也是个妻子，那两座床头柜不就说明她睡的是一张豪华的大床？可是她的床呢？她偏偏没有带床来，绝不是这屋子容不下，那么，是她厌倦或者厌恶那张床了。我自此明白，这里头有一个难以启齿的故事。

有一天，终于遇到她，清癯瘦弱得更厉害，淡眉却故意不锁，倦眸也任着清润，嘴角微笑成一弯躺月，朝我友善地问好。她要我称呼她：吉姐。虽然她足足大我二十多岁，当我的母亲都绰绰有余。

我给她倒上一杯清水，也给自己斟满，两人虽然对坐，却无话；各自饮杯中的水，也各有不可说的滋味。那时天色将晚，云层低厚，有种将雨之前的闷沉。市声也松弛，只有对面某中学操场上，一群打球的男孩运球的声音，那声音听久了会让人灰心，无缘由地就是灰心。我走到窗前，打开玻璃窗，回头问她：

"你的小孩念中学了吧！"多么大胆的假设。

她缓缓将半杯水放在我的书桌上，也站起来，姿势极有素养，倚在窗前，两只手无处搁，兀自捏着无名指上那枚金戒指在指节

间推推脱脱。我专心在等她的回话,她自知无处回避,一个仰头之后坚定地面对我,脸色沉如千斤石,声音拦着将爆的泪咽,说:

"我是个失败者!……"

我慌了,这话不啻落石,来不及思索,便伸手承天一接,说:"我知道!"

她幽幽的眼神投来问号,意想她的履历何时泄露的?

我也不知我怎会有那样沉着的心情要面对她的伤口,我说:

"一个幸福的女人绝对不会像你这样憔悴……你在受委屈。"

她泪下如雨。

趁着一线天光,我们都没开灯,对坐着谈她二十年一场大梦的婚姻,真耶?非耶?只能问天,而天只顾下着夏日雨,雨水潲进来,打湿座椅,溅湿案上经书,人间家务事,天不管的。她的抽泣声在壁间回荡,找不到答案!不也曾经是窈窕美少女,爱听关雎声;不也曾经是六甲之身,缝着凯风做襁褓。这些美丽的日子哪里去了?找不到答案的。她那拭不干的眼,却一直苦苦相问:"为什么?为什么?"我这愚直之人,也手足慌乱了,心里反反复复想劝她:"太上忘情"又不知如何忘法?要劝她"太下不及情"又已晚。人,总是生来有情有义,一旦恩义将绝,谁都是千刀万刃,何处去揪来一个被告,逼他招供画押?不要问为什么。

"当作缘尽吧!"

她点点头，却又难掩心口的冤，心力交瘁地说：

"这些年的心血，菩萨知道……"

世间的人，也许有足够的世智去掌握情与缘的相聚，却不见得有智慧去挽救缘之将绝、两情之将灭，更难得有般若空智自处处人于缘绝情灭之时。这到底是中情如我辈者的有限，菩萨若知道，也不免要苦口婆心点拨人，何不照见五蕴皆空。

既是五蕴皆空，无缘也是一种缘法了。

那么，旧情若已去，不必狠狠要剐净心壁的情痕，这是自我燎原，只要随它去，心坛底盖任它居。

旧情若未去，何妨拿它是人行砖缝暗暗滋生的青苔，荣也好，枯也好，随生随灭。最想念的时候，也只能"空山不见人，但闻人语响"。再怎样的不放心，也只是"返影入深林"，复照于不为人知的青苔上。

情苗若萌于无缘土，也不揠它、也不濯它，揠它伤了自己，濯它苦了他人；不如两头都放。

无缘，不能代表所有生机的失坠，它仅仅是，而且只是，一个生命过程中注定要陷入的苦壳而已。茧都能破，何况壳。

最近的一次看到吉姐，是几天前我们相约一道晚餐。她有着沧桑历尽之后那种欲语还罢的风韵，她是美的，美在仍然有情。我们常常不可说地相视一笑，算是心领神会，或者一起散步，说一些过去掺一些现在杂许多未来,不知不觉,路愈来愈多,愈走愈远。

在大雨还没有将人情世事布置好之前,且做浮尘野马。

解发夫妻

花色

婚宴上,喜幛高悬、贺联四壁,在灯光中交相辉映着,如一群司礼的士。宴席已经开着,酒色即春色,一饮便能得意。孩童们不管这些,溜下座椅要跑,被妈妈一把按住:"别走,待会儿要看新娘子!"

她坐在镜台前,美容师正在为她换一款发型:一把快梳,不消多久便挽起盘髻。她坐着不动,却帮着递发夹子给美容师,一支支发夹子将她的发丝吃得紧紧的，好似五伦纲常——那些夫妇、父子、兄弟、朋友、翁姑、伯叔、妯娌……"多夹几根，才不容易掉。"美容师自顾自说。一株缎花带露很技巧地掩了发夹的痕迹，再刷下半边云鬓乱，她凝视镜中那个艳人及那一头锦簇，多么富贵荣华。

她与他认识五年了，早已是寻常面目，恐怕她初识他的那一日，也是彼此不惊的。那时候，一行人去南游，泛溪、走崖，夜宿野店，她独自躺在一处高台上看星，天空如一盘棋局，她正在为自己解围。忽然有个人说话：

"观星还不如观心。"

她竖起身来看，隔着山丘，有个男子朝她站着，恐怕也是想找个僻静之处观星的人。月光如纱，她看不清楚他的脸孔，心里猜他是这行人中的某某，也不求证，又躺下来，星子棋局都乱了，而他那句话，倒也是个棋步。

这么多年来，她每每拿这句话为自己覆额，倒也解去不少难题，唯独解不去他对她婚约的要求；她的父母早逝，倒不碍她，唯他家中父母都老迈了，尤其做母亲的身体欠妥，盼着唯一的儿子成家，以了她心里的牵挂。他实在也难为，只好向她求援："成全她老人家，我们的日子还长。"

他推开休息室的门，进来。今日的他英挺俊拔，一改平日常穿的唐衫、黑裤，着实让她不敢认。他扶着她站着，也只敢看镜中的她，想来彼此的心情都很忐忑。尤其，婚姻是这么一件众人之事，吉日良辰都算得准准的，礼服、西装也都裁得隆重，容不得有一丝的闲隙让他们说些体己话。

"还好吗？"他问。

"嗯！就是发夹夹得太紧，有点绷……"

休息室的门被推开，男傧相探进来说："该出去了！"

一阵衣裙窸窣、镁光闪亮之后，司仪对着宴席中的宾客报词："新郎、新娘向各位来宾敬酒！"

身受

婚姻可不就是一件歃血为盟的事，把身、语、意都签署给对方。她白天在幼儿园工作，傍晚回家烧饭洗衣；他的工作地点稍远，时常早出晚归的，偶尔加班，她都先睡了。但是他一进家门，就闻得了家的香，电饭锅里总温着饭、菜或粥品，偶尔一张短短的留字，好像她一直不寐地等着。他吃饱了，兀自收拾清洗，才进了房里，为了不吵她，也不开灯，蹑手蹑脚地从口袋里掏出街头买来的小东西，轻轻握到她的手里。

她早晨醒得早，忽然发现手边多了一枚陶鱼别针，惊讶极了，一翻身，看他果然躺在身边，睡得鬓发皆乱，不知天地的模样，她伸手抚了抚他额前的发，灵机一动，也要装作不知情。唤他起来梳洗之后，两人一道出门，逢着星期日，他陪她买菜。天色未定，但是阳光早就蠢蠢然了，路旁的菩提树叶被照得油亮油亮的，有点辣眼。光又聚在她衣上的陶鱼别针上，鱼鳞都水湿水湿的，他巡了巡她的衣衫，故作惊奇地说：

"哟！你什么时候买的新别针？"

她想笑，故意抿着嘴说："老情人送的。"

"嗯！颇有眼光的，"他点点头，"你有机会也该送他礼物，表示礼貌礼貌！"

两人相视而笑，廓然忘贫。

菜市才刚开始，他看时间还早，顺道逛了一逛。菜色正一箩一箩地列在路旁，青红皂白都光鲜；水果的香也都舞出来了，哈密瓜是笑盈盈的甜，番石榴的涩似惨绿少年，橘子是永远也改不了油辣脾气的……但这些都比不上推车里小山也似的菱角，冒着水蒸蒸的炊烟，那贩子熟练地操刀拨开紫皮，露出半截雪白的肩，向过路的人耸了耸，贩子说："菱角好吃的，半斤二五。"

他买了半斤，塑料袋马上雾起来，两人沿路又吃又掰的，一些粉粉的雪落了下来，好似行人。

"想吃什么菜？"她问。

"随便。"他说。

她便抓了一把空心菜、称了半斤青刚菜、挑了一个甘蓝,又切了两块白豆腐,配烤麸、胡萝卜、笋片、木耳……回头跟他说:"昨晚去寺里听经,师父教我做'十八罗汉',做给你尝尝。"

他露了一个受宠的表情,随手帮她拎菜。家里的事,她都料理得井井然,有她独到的秩序运作着,常常,他走入她的秩序里,触了网,得等她来解围;有时,只是要找一样东西,问她,她随口便指示出位置、方向,仿佛胸臆之中,山水、丘壑、沙石、林泉,都一一布局定势。和她同住一个屋檐,常常是柳暗花明又一村。

"今天换吃'释迦'好吗?"她问,问中有答。

"你一向都买橘子,怎么想换?"他说,其实是要听她的缘由,她自有她的道理,这点他十分了然。

"橘子容易吃,剥皮撒网就是了,吃不出什么变化。释迦不同,难就难在时机成熟。买回去得先温着,温熟的释迦,皮软肉白子黑,甜得沁人;温得不够,吃起来满嘴的涩,都糟蹋了。而且,妈妈爱吃甜的,橘子酸。"

他点点头,问:"妈的鱼还没买。"

她也知道,往鱼铺走去,走得一路无语。他与她早已茹素,两人都不嗜荤腥。自从皈依为佛弟子后,悲天喜生的修持倒是不敢忘,她尤其比他精进,经座、法会、参访都积极加入,久而久之,自然修出了一份容光。他与她同时皈依、拜师、同研经藏,他却自叹不如她的慧敏,每每掩卷说:"将来,是你度我的!"她婉转一笑:"还得要有你护持才行。"

滴水粒米,也可以吃出般若滋味。在繁华喧嚣的城垛里,他们自有一方净居;于车水马龙的乱流里,他们仍旧安步当车。她每每有着独到的从容,忽然在人潮起落的街头上,附耳对他说:"跟你一起过日子,真好。"

鱼铺里,鲢、鲯、鳕、鳗……一族族分列着。他察觉到她的难言之隐,杀生犯戒,是笃信佛法者最不愿意做之事;寻常饮食,果腹即可,器世间的花叶蔬果菽麦稻粱都摘撷不完了,何必动刀见血,吃活生生的有情之物?他与家中父母说解甚久,仍不能改他们嗜荤的熏习。她一直费心地学做素斋,把色香味搬上桌,他是放开肚皮埋头大吃,吃得忘了是素是荤,可是,婆婆一举箸便问:"今天没买鱼啊?"问得她哑口无言,直至更深夜尽还在辗转反侧,她也只敢悄悄问他:"是不是我做的菜不好吃啊?……"他侧身拍拍她的肩:"别放在心上,六祖惠能当初也吃肉边菜。"她才稍稍释然,唯独上市场买鱼买肉,仍是她的苦差事,他总是尽量陪她,倒有点同减慧命的决心。肉摊鱼铺之路,虽是穷途,她倒是不减那柳暗花明的性情,把菜篮子晃了两晃,交给他,说:"六祖,今天换你买鱼。"

熙攘的人群都听见了。

观想

"夫妻，也有上、中、下三品。"她忽然说。

佛殿内燃灯昏黄，一场法会初歇，善男子信女人都回家了。香案上供佛的鲜花色色芗泽，供果圆满，隐隐然与檀香共缭绕，香泥一弯一弯地落在果的肌肤上，凝然不动。他下班后，来寺里用毕流水席，也帮忙法会经忏之事。她则早早就来，俨然是众主事之一。此时，殿内空阔。人声跫音都寂，她正在擦拭供案，他则弯身将地上的蒲团个个叠起，时间沥沥的拧水之声。

他直起身问她："哪三品？"

"最下品的，当然是貌合神离，"她一面从供盘内拿着芒果来擦拭，一面沉思，果皮上的甜涎都被她拭净，"徒有夫妻之名，无夫妻之实。一见面，好像冤家，无名火都起来了，把屋子弄得跟苦海似的。"

"既然那么辛苦，何必做夫妻？"他说。

"'怨憎会'嘛。"她答，"不知道谁欠谁一笔情偿。果报。"

"中品呢？"他问。

"有实无名。"她答，"得了心，得不了身。再怎么恩爱，都是荒郊野外的，不能'结庐在人境'。说不苦嘛也很苦，看看别人家都是一灯如豆、形影不离的，自己却要独守凄风苦雨，也是很心酸的。一心酸,就动摇了。"

"这是标准的'爱别离',束手无策。"他说。

"也是可以化解的。看是要心还是要身,要身比较难办,得拆人家的屋檐,祸福吉凶很难预料;要心就单纯了……"

"怎么个单纯法?"他看看她,她拂拭着案上的木鱼,木槌握在她手里,正在推敲;仿佛有一瞬间,她已奔马行空——为杂沓诸事覆额,回过神来对他说:"永结无情游。"

木鱼"托"的一点,诸男欢女怨篇章已被句读;恩怨爱恶的日子虽然历历分明,好歹终有个句点。就像瓦檐上的青苔罢,雨水润的时候才翠绿起来,天晴的时候,也仅是一块浮尘而已,谁也不要管谁。人之用情,若能似行云流水,行于所当行,止于当止,倒也是个解铃人。

"至于上品……"她的容颜欢悦起来,釐笑之间,云天都动。

"自然是名实俱副了。"他接了个语尾。

"还不仅于此,"她像在拨云见日,"如果能像大迦叶和普贤一样,做一对梵行夫妻,自觉又觉人,才叫难得。"

他微微一汗,看她兀自低眉揉着抹布,用力一拧,水珠都还回去,沥沥。

她抬头,遇着目光,"看什么?"也不等他答,又擦将起来,"大多的人陷在中、下品之间庸庸碌碌忙了一生,得着什么?成就了什么？问都不敢问，反正大伙满头大汗演他几场戏，锣鼓一收，散场就散场罢！你说呢？"

他赶紧回神，接着说："也有夫妻互相成全的，一生扶持，不离不弃……"

"你这话真是善哉！但是，若果为了大我生命的成全，暂时离弃也是在所难免；做一世夫妻是缘分，若能做生世夫妻，那就得靠修来的福分了。"

"生世夫妻是什么？……"他突然感到一种莫名而来的切肤之痛，自己的心口浮上了这层疑团，倒也没说出口。她自顾自去倒水，干净的身势。

两人辞别了寺里的师父，一道退出。天已黯然了，车灯如流萤穿梭，织出一匹匹冷风，她帮他把外套的扣子扣上，他随势掌着她的手，握在手心里，紧紧地，仿佛她已是流萤。

僧行

她只能在书房里另辟一角布置佛堂，说是佛堂也着实简单了，不过是几本佛经、一瓶长青竹、一串念珠，及一尊从古物杂货店里偶然见到的木雕观音像：左手倒提净瓶右手执杨枝，已然将甘霖沥洒了，净水是雕不出来的，就用一对隐隐然的愁眉来传神。

相忘于江湖 —— 233

观音所立之处，显然是人世的悬崖，衣裾飘带都奔然；裸足硕大，不知行走过几生几劫？可憾的是，后来收藏的人任积尘木蠹去锁它读它，把足肉、衣衫都读朽了。她抱着这尊观音回家，倒像抱着久被蒙尘的心，眉目之间戚然有悔。

这日早课，她正襟危坐于案前默诵经文，忽然婆婆推门进来，说是有话要问。她赶紧起身，延请婆婆入座，自己则靠着案角坐在地毯上，脑里还留着经文中的警句，婆婆是怎么起话头的她毫无用心，大约是蔬果油盐一斤多少钱……猛地，一句话打得她如梦大醒：

"……他说你不想生孩子，有这件事？"婆婆问。

她一时语塞，面色凝重，仿佛泰山崩于前。门外，公公故意来来回回地走着，无非也是要听，她觉得进退维谷，没有一个余地。

"你要信佛吃素，我们不反对，不传后代，这就不孝。我们老了，能活多久？娶媳妇进门就是图个孙子抱抱，你要为两个老的想。"说完，一扭头回房去了。

她看看时间，该去上班了，穿戴完毕，轻轻敲着婆婆的门，说："妈，我去上班。"逛过客厅，公公正在看报，她巡一下午饭熟透了没？菜肴热着没？也向他说："爸，我去上班。"

出门，她宛如得了天地，每一个步伐都坚定若石，向上的心亢奋着，看看穿高跟鞋的脚，若也能裸足多好！她找着公共电话，想告诉他这些。一接通，他显然很急：

"正要找你，刚开完会，我必须到东南亚一趟，大约半个月。"

"很好呀，什么时候走？"

"后天。"

"回家再说吧，祝你今天好。"

"祝你今天好。"

她突然有了"送行"的预感，路，似乎要分道。

他临走的前一天晚上，不知怎地对她特别呵护，旖旎的话也多。她坐在床上帮他整理行装，一点也没有眷念，仿佛是极自然的事。倒是他，免不了一些常情，叮咛个没完。她只是莞尔，那日电话里得知他要远行其实已送过一回了，她现在一面理装一面想的是他出门在外的奔波样，哪还需要什么话别不话别的？他从后头揽腰抱了她，她未及想到他回来的模样。

"抱我做啥？"她反身问。

"还能做啥！"说完，为她宽了衣。

灯都熄了，更像是巫山的黑夜，可以恣意地翻云覆雨。夫妻不就像天与地吗？若不经这番补缀，沃土上何以能草木莽莽？他于是在顿足奔赴之前，天经地义地对她耳语：

"生个孩子吧！"

她轰然有悔，不是都说好了"生得到儿身，生不到儿心"，子嗣之事莫提,她嗫嚅着:"你……怎么……变……卦?"反身挪移,及时解了一危。他闭目瘫着,叫她的小名:"……玉言!"

良久,她说:"你变了。"

夜像流寇,打家劫舍的。

他走后,她更常到寺里,自己去学着做人。家居与工作都照常,克勤克俭。楞严经里,阿难从七处征心,她倒是从寻常饮水,求其放心,渐渐把自己观成一个自在人,一个沛然未之能御的生命体,担荷如来家业的信心也宛若山岭,于是,住寺的时候多了,她每天有做不完的事,参不尽的理,筋骨愈是劳动,欢喜的容颜愈盛放,其余的事都淡了。

这日夜里,她从寺里回家,疲倦极了,走进书房正要准备第二天教学的课程,忽地发现那尊裸足观音不见了,她宛如挨了一记闷棍。冲去问她婆婆:

"妈,我书房里的观音呢?"

"卖给了收破烂的,朽了嘛长虫,摆着挺碍眼的。"

她至此不能再贪恋了,虽不说一字,已然当机立断。转身开门,下楼,走出小巷,行于街道。夜,空旷着,野风卷拔着她的鬓发、她的衣角裙裾,她屏住声息赶路,屏到举步维艰,一个吞吐之间,热泪如暴雨,奔流于她已为人妻人媳的肉身。她极目眺望,此地何地此世何世此人何人?天地无言,只有寒星殷勤问她归何处?

她长长一叹，倒也心平气和，择一个方向，行吟自去，这一去，驷马难追了。

敲着寺院的门，她抬头望着月，月光照着她，她看看自己的影子，好像一件僧衣。

认识

他回来后，见不到她。问父母，做母亲的说：

"走了，谁知道去哪里？你这个媳妇未免太自由了吧！"

他打开她的橱，衣服一色色都挂得好好的，首饰存折都在，妆台上，梳子发夹一支也没少。他着实参不透，到底什么地方不需要这些？突然灵机一动，拨个电话到寺里，师父回说她的确在。他抓起衣服就冲出去，迫切地想见她。

师父见着他，称了个佛号，先要他坐下来喝杯茶，与他闲话南北，渐渐收住他那轻拢慢捻的心情，才破天荒地开口：

"玉言出家了。"

他推开门进去，果然坐着一僧；法相庄严，黑长衫如如不动。见了他，也不起身，只用眼神延请他入座，他在她对面的椅子坐下，凛凛然端详她，她也正视着他，和他一起把娑婆世界都看破。他知道逝水已如斯，不能倒提海水捞起他的一粟，至此也就转识为智，化烦恼为菩提。

她脱下婚戒还给他,他随手戴在小指上。

"应该称你师父。"他说。

她合十为礼:"你来,我都放心。"随即,展了一个素净的笑意,面目都打开了。

他从口袋掏出数样礼品,有新加坡的手表、泰国的念珠,及一些古老的银饰:"都是为你买的。"

她睹物思人,叹赏他的人品,心从千丈悬崖一跃而履于平地,她若有出世的智慧,多是亏他这一肩人世的担当。她随手挑起念珠,说:"与我结这个缘。"

心心都相印了,在无限可能的未来时空中,再一次的因缘际会,应是不难。

他告辞,她亲自送到寺门,最后一次步履相和,两人都落地无尘。他说:"请留步。"她目送他下去,直至人影都无。一转身,随手摘了一叶赤红菩提叶,一面行一面嗅,原来春在枝头已十分。

他自此奉养双老。每日醒来,先趁着清晨去买菜。巷门口的菩提树叶又绿了好几回,阳光总在点石成金。菜市内人群熙攘,他兀自买菜,提着一篮不重不轻的俗缘。常常,又多买了半斤菱角。

偶尔，有陌生的人打电话到家里，问"玉言小姐"在不在？他平静地说："对不起，'玉言'已经过世了。"

他倒未再娶。

相忘于江湖

夏日江畔，从小酒楼的窗口望去，三山带二水，远的两座小山，被近的那座翠峦掩去半面，倒像丫鬟左右站着，帮小姐梳妆。此时，只见峦影印在江面，孟夏晴朗，那影子也染了一层薄薄的青色，十分可人。四五船帆，分剪江水，有的是撒网渔郎，或城外客，邀了旧雨新知，游江寄趣的。此地春夏之分不明，虽是孟夏月令，还留了春意。点点日光洒了半江银屑，水波浮荡，十足是一条暖江。江畔地形如一条白蛇，除了渡口、船坞，其余皆是杨柳、芳树；柳丝闲闲地拂扫江面，无风时，又似执帚打个小盹儿，芳树则起了野兴，自摘花盏，掷打树下闲人。

春茶初沏,原想在小酒楼上消磨半日,酬阅古诗卷;光景诱人,此时读诗,未免糟蹋了天地文章。想前代骚人墨客,融其景入其情,得天地俪文之神髓,才吟出好诗词。我若不赏玩眼前风流,偏向字句里钻,好比千里迢迢寻访美人,开口向她讨图像以睹芳容一样迂腐了。还不如掩卷,暂时做一个不识字的钓叟。

楼下,几张木桌,只开了数座;游人未返,当地的正顾着做营生,所以生意淡淡的。偶有三两句人语传到耳边,随后又尘埃落定。我想这辰光正有助于远眺江面帆踪,回赏酒楼雅致,分外感到可喜。

这也是我每到一城,总先探听当地有些什么茶坊、酒楼、客店的原因了。能得一处风光妩媚的楼阁歇坐,一盅清茶或一壶薄酒,叫小哥送几碟本店知名的吃食,一个人耳根清净地神游半日,有雨观雨,有风听风。或读几页随身带着的诗卷,写几行短笺,遥念故友;笺成,也不寄,水程陆路皆遥,此时此地此景牵念此人,虽然修得几段心情,待友人展信,我早在另一时另一地牵念另一人,故笺成等于心到了,不欲付邮。如此行旅,一卷古诗后面夹了一沓短笺,书愈读愈厚了。

做一名异乡游吟客,深知"忘我"之美。既忘了名姓、乡园、志业,亦忘却经史子集。空旷着一颗心,仿佛从来不曾见识什么悲哀的、忧伤的,也不认得欢喜的、甜馨的。则耽留在此城中,所遇合的风土人物皆是"初滋味"：娇柔的姑娘，是初相见的美人；壮硕的少年郎，是初相见的汉子；铿锵的土腔，是初耳闻的乡音；缱绻的古谣，则是我的初断肠了。

楼下忽然起了喧哗，一位老叟与掌柜的大声说话，谦恭带笑，又争着定夺什么，有熟识他们的客人隔几张桌喊那老叟，见他忙着说道理，自个儿推椅走来了，也是一路喊话的，不像招呼，倒像是他们争论的事儿他都有主意了，气势很盛。酒楼的小哥儿们，不去伺候客官，倒是箭步往门外走，硬把等在外头的一位壮小子给拖拉进来，他粗布衣履，看来是个渔郎，在江面学堂认斗大鱼字的，一张脸黝得发亮，神情腼腆，眉眼间还有梦未醒，打出娘胎，就知道人间有他一份美事的那种梦。此刻，他与老叟被众人拥着，说话没他的份儿，他就光棍着给人左右瞧，摸鼻搔耳，怪难为情的。好打趣的小哥儿拍他膀子，不知什么词，惹得众人大乐。如此撩拨一会儿，我才听懂一老一少是父子，那年轻的有中意的姑娘了。老父特地为这事上酒楼找掌柜的说主意。有个小伙计斟一碗余酒，强要那壮小子喝，众声鼓噪，眼看是非喝不可了。那老叟停了话，以手背扬他儿子胸膛，声音亮如洪钟：

"羞啥？都快讨媳妇儿了，喝！给人瞧瞧咱们家的种！"

仰脖子，气都不顿，一咕噜，还出空碗。大白天一碗快酒，若不是真真地盼到他分内的美事，谁也没这等痛快的。老叟拿眼觑他结结实实的儿子,没别的话,就是打心底信任这人间世的。

父子二人,披网扛篓走了。小酒楼还热乎着,伙计们上楼下梯的脚步勤快起来,带了飞。仿佛老天也给他们备一份厚礼,什么都不必问,信他就成了。

我看绿柳如烟,江鸟飞歌,这天地文章原是要诱人入梦的。

识字的梦不进去,不识字的樵夫钓叟、闺女渔郎梦进去了,成就人间丽句。

楼梯响起脚步声。半日闲坐,虽未抬头,已能分辨小哥儿、客官的步子了。小哥儿的声音里头夹了碗碟味儿,而此时上楼的脚步声很嫩,是没干过粗活儿的。

隔几张桌,落座,一人。

寻常布衣,盛年岁数。小伙计招呼过了,下楼。他摇一把字扇,溜一眼楼上陈设,又四下无人般端坐着。是个识字的,不仅懂,也通晓。适才,从我身旁走过,明明白白一阵墨香。

芭蕉窗前,墨砚旁,经年浸润,才能养出骨子里的诗书气质。人虽面貌殊异,行止不同,然而有没有墨华却瞒不了谁。不换名帖,未露谈吐,明眼人照一面,也就心里有数了。

从他品茗风度,虚拳清喉后,以碗盖推出茶汤,端至唇边,吹扬热烟,浅浅地品一口,归放原位,而后徐徐运扇。倒不难看出,赋闲时是文人雅士,应世则能运筹帷幄。

一袭布衫，大约用来避人耳目了。

是访友不遇？这样的人真要访旧，焉有不遇之理。

是为稻粱谋，在外奔波的？他神定气闲，绝非风餐露宿之辈。

是厌倦了锦绣宅第，来杨柳江岸喝一口闲茶的吧！

老叟、渔郎所信任的人间世里，总有不信任的独游客，在茶店、酒楼上。

我不动声色拿捏他，已半晌了。酒楼上只剩他与我二人，他又如何揣测风霜满面的我？

独在异乡为异客，目遇间，已说尽半部人间。我不欲扰人，亦不欲人扰。相见欢，无声胜过千言万语。若萍水相逢中，急急忙忙道扰、问名姓，则落了俗套。此时此景，会在这儿独坐的，都是人世风尘里的出世客。

他起身，飘袂而去，迎上来另一批游客，笑声震动屋瓦，倒也没震走他留下的优雅身影。

晌午时分，吃客如潮涌。我让了座，驿途中总有清淡的民家小馆，赏我一人吧。

掌柜的说，茶钱已经会过了。刚刚摇扇的那位爷，说是与您相熟的。

情绳

　　像一条柔韧的绳子，情这个字，不知勒痛多少人的心肉。

　　又像深山崖壁的一处泉眼，在某一场丰沛雷雨之后，山内的树、湖床、石渠与崖壁仿佛受了感动，竟互相对应起来；雷雨在几天前停了，雨水却沿着这条对应的小路，淙淙地从泉眼流出。一切生动起来，有了滋润的活力，耐冷的翠苔与露宿的花草，纷纷在渠道的两岸落脚，装扮了深山一隅，也义无反顾地往平原的人世行去。

　　我们有了情，意味着参与人世的开始。情，需要相互共鸣、呼应，才能更雄壮。一个幽禁在孤独花园里的人，他固然有情却无法实践情，他的歌吟缺乏回声，哀歌听不到响应，情，恰好掘成一口井，渐渐自埋了。

　　有情虽然可喜，但必须会用。水能载舟也能覆舟，绳能救起溺水者，也能绕颈取人性命！当我们用情，常预期别人应给予同等重量的回报。给爱，得爱；布义，得义。如果收受的双方能共同实践情字所蕴含的精神，那是世上殊缘。但更多时候，世事无法圆满。给予太重却无法回收，或意不在此，他人又源源用情，造成两难。若是前者，用情的人体会他人无法回应的艰难，行于所当行、止于所当止，或可免除怨怼；后者，亦是如此。用情而不知进退、节制，反而带给自己及对方苦恼，则属滥情了。

　　世间儿女私情，常在不知善用的情况下不断粉碎，衍生怨恨；一条情绳打了死结，有时毁了别人，有时勒死自己。就算侥幸活下来，胸中的死结却解不了，转而恨这人世，为何独独给他苦头吃！其实，每人手中的情绳都代表着试炼的开始，我未曾听闻滚滚红尘里有人不为情苦、情困的，我们若执念于"苦"字，则不能渐行体会情绳要带我们往人格淬炼的旅程去，通过一道道结、一次次解，绳更坚韧、绵长。则此时的绳是前绳又非前绳，若灯下检视其来龙去脉，会发现过往那一道道痛不欲生的伤心事都已编入绳的肌理，坚强了它、延长了它。那么，我们应该合掌感恩昔日情厄，它们成就了这条大绳。

常听人议论，宗教里的修行者"无情"，其实，浩瀚人世哪只有儿女私情一桩呢？修行者不仅有情，而且多情；不仅多情，更懂得用情。一般带发彩衣的人，也不能走避这条修行路。毕竟，情必须埋入现实的泥土里萌发、结果，那丰美多汁的果子合该与众人分享。

若我们在静夜里，闭目冥思，欢喜自己手上拥有难能可贵的情绳，那么天明之后，不妨带它到荒凉山崖，一手一结编起来，把自己编成一座绳桥！

水经

经首

我的爱情是一部《水经》,从发源的泉眼开始已然注定了流程与消逝,因而奔流途中所遇到的惊喜之漩涡与悲哀的暗礁都是不得不的心愿。

源于寺

寺在山林里,树的颜色是窗的糊纸。一个静止的午后,众人不知哪里去了，我沿窗而立，分辨蝉嘶的字义。风闲闲地吹来，我感到应该把盘着的长发放下来让风梳一梳，可能有些阳光洒了下来把发丝的脉络映得透亮，这些我并不知道。

他却看见了，他说："我觉得不得不！"他的眼珠子如流萤。我却很清醒，劝他去发觉更美丽的女子吧！他因此在系馆的顶楼瘫痪了一个星期，水的声音开始。

去野一个海洋

"天空是蓝的，飞机在太平洋上空行走，你知道太平洋是什么颜色？你一定以为天蓝色？错了，翠绿的！从飞机里往下看，太平洋的鱼在你的脚下跳来跳去……"

我恐怕是因为这段话才动心的！到底是因为他还是因为翠绿色的太平洋？我分不清楚了。何况这些都不重要，在爱的智慧里，我们可以看得像神一样多，也可以像上帝一样的宽怀。爱是无穷无尽的想象，并且单单只是想象，就可以增长情感的线条。

"逃课吧！我带你去看海！"

那是初夏，阳光温和，夏天之大，大得只能容纳两个人，并且允许他们去做他们想做的事；我告别《史记》，那时伯夷叔齐正当饿死首阳，但是我不想去拯救。而且毓老师的《四书》应该会讲到《梁惠王篇第一》："叟！不远千里而来，亦将有以利吾国乎？"这问题问得多蠢啊！

啊！我不远千里而去，希望结束生命的总合命题之枯思，开始尝试新的呼吸！不管怎么说，分析生命绝对没有享受生命重要，是吧！那么带我去野宴吧！我可以把鞋子脱下朝远远的地方扔弃！我可以将长裙挽起，让脚踝被沙砾摩挲！啊！我不拒绝将袖子卷至肩头，让阳光吮黑手臂！也不拒绝风的搜身！如果海天无人，为什么要拒绝裸游？人与贝石无异的。

但这些都是我的想象。事实上，像每一对恋爱的开始的情人一样，我们乖巧、拘谨，各看各的海，礼貌地谈话，如两个半途邂逅的外国观光客，风在耳语，海在低怒。

我却忍不住在心里窃笑，他的眼神泄露了他的想象，意的好述。

他问："好玩吗？"

我说："好玩。"

水赞

为了免疫于传达室里欧巴桑不耐烦的呼叫，我们订下了约的讯号。他只要掩身于鱼池实验室旁蒲葵树下，朝二楼大叫一声："二〇九！"我便知道他来了。

这是心有灵犀的一种试探。

他的声音因为儿时的一场感冒而变得沙哑低沉,第一次,他鼓足了勇气朝偌大的女生宿舍以全部的肺活量呼喊我的时候,我憋不住地笑够了五分钟才下楼去!

他问:"怎么样?有没有耳鸣?"

我说(自然是说假的):"啊!我从来没有听过这么好听的声音!充满'魔'力!"

他得意扬扬:"那还用说!"

我决定每天给他倒一杯水润喉。

有时是冰开水,洁亮的玻璃杯里注入晶莹的水,惊起杯壁的冷汗,我总是一面端着下楼一面觑看水珠里反射出来的万千世界,而每个世界都与我无关。我便一把抹去壁珠,将那股沁凉藏在手里,等着去冰他的脸。

他一咕噜喝光,完全地领受。我乐。他又做一个陶醉将死的表情:"好……好……喝——"

"那么夸张!只不过是水!"

"杯子怎么办?"他问。

"你喝的杯,揣你口袋呀!"

他试了试,600毫升的大玻璃杯怎搁得下?他逡巡四周,说:"藏在七里香花丛下,好不好?"

我点头。

他小心地用花枝虚掩，退后审看妥不妥。

我紧张地说："会不会被偷走？"被偷了，便找不到这么又大又漂亮的杯子合他的胃口，事态严重。

他觉得有理，取出来，大伤脑筋。

"啊！这个地方不错！"他大跨步走去。

原来是实验室墙壁上一个废弃的电线盒子，锈得很，应该没有人会去动它。他小心地把杯子藏进去，一手的锈疤。好了，终于有一个属于我们的藏杯的地方了。

下次，给他冲一大杯浓浓白白的牛奶，他喝得一嘴的白圈，且喝光，我又乐。

他说："哇！你泡的牛奶甜淡刚好。"

"那还用说嘛！"我真骄傲。

把杯子藏好，出去玩。晚上回来，他捞出杯子，一惊："吓！长了蚂蚁！"

我大笑，蚂蚁爱甜，怎怪它们！他用力甩了甩，把杯子还给我，仍有几只不肯出来。

我一面上楼一面觑着杯里的蚂蚁，心想："好贪心的蚂蚁，竟想扛走我们的杯！"

浣衣

　　他好几次在体育课或农场实习之后来看我，衣服有点脏。其实不脏，只是我眼尖。我忍不住了，便说："你把衣服脱下来，我洗。"

　　当然他不肯，他说这手是用来念书写文章的，怎可糟蹋？我不管，兀自厮缠，骗得一袋衣服一定要洗，念书没有洗衣重要。

　　冲上楼去，提着水桶、脸盆、洗衣粉便往水槽去。偌大的盥洗室没个人影，这正好赦去我的羞与怯！

　　这倒难了，我自己的衣服与他的衣服能一起浸泡着洗吗？衣服虽是无言语的布，不分男女，可是我怎么心里老担挂着，仿佛它们历历有目，授受不亲。

　　合着洗嘛，倒像是肌肤之亲了，平白冤了自己。

　　分着洗，那又未免好笑，这种种无中生有的想象与衣衫布裙何干？

　　我看盥洗镜中的自己，一脸的红，袖子卷得老高，挽起的发因用劲儿掉了鬓丝，遮了眼梢眉峰，羞还是羞的！

　　合着洗或分着洗？

　　不管了！就合着吧！反正天不会塌下来。我扭开水龙头，哗啦啦注了满桶的水，打起满桶的肥皂泡，将他的与我的一咕噜统统浸下去！天若塌下来，叫他去挡！

啊！我又心惊！心里小鹿撞得蹄乱！原来，夫妻的感觉就是这样！

吵

两个人都好强，天生的刚硬。一谈起问题，便由讨论转为争论。两个人都骄傲，天生的唯我独尊，不肯认错。吵！吵到三更半夜，宿舍要关门了，我说："不用你送，我自己回去！"便各自散去，连"再见"也不肯说。

一旦离去，心里就软了，责备自己不该如此跋扈！其实自己是理亏的。哪来那么多气焰？这么一想，便决定第二天道歉。带着愧疚的心肠，深夜走了两条街，去为他买一束花，明天他生日，每一朵上面要用小卡片缀着。啊！他一辈子再也不会像这次生日一样收到这么多的卡片！

后来问他那天吵完后上哪儿去了？他说他漫走于舟山路，发现夜很美，心想有一天要带我去散步。

原来，彼此都在心里后悔，用行为赎罪。

卷终

闲闲地对坐。开始又被生之疑团所困,活着,便注定要一而再反刍这命题。爱,只是实践,绝非最高原则。我重新被理智攫住,接受盘问、鞭挞!不!我无法在爱情之中获得对自我生命的肯定,如果花一世的时间将自己关在堡垒里,只经营两人的食衣住行喜怒哀乐,我必有悔!然而,我又渴望继续深掘我未献出的爱。

我变成一个流亡者,无止境地追寻,无止境地失望!胸中那一块深奥的垒石砰然肃立!

流出了泪,为什么总抓不住那团疑云?生,这么辛苦?

他问:"怎么了?"

我摇摇头,无法启口……《山之音》里面,六十二岁的信吾在黑夜里听到遥远的、来自地啸的深沉内力,他不也是开始寒战,开始恐惧:难道不是预告死期已届吗?而他终于只能独自钻进被窝,却不能把六十三岁的妻子叫起来,告诉她听到山音的"恐惧"……啊!难道每个人注定都有一方深奥的孤寂,谁也无法触及吗?

他又问:"怎么了?"

"不知道!不知道!就是想哭!"

他闷闷地看我,开始不语。我的意志开始后退,离他远了。

却又挣扎着向前，想告诉他，现在心里的难受，他或许能宽慰我。可是，语言是这么粗糙的东西，什么都化作废尘！

他说："也许，我们都应该冷静地想一想彼此适不适合的问题……"

我的心惊痛！那最内在的痛楚被触及了，共同的语言已用罄，同行却逐渐分道扬镳！我们都在做无谓的追寻吗？都在演算无解吗？我想寻觅他的怀抱投靠，放弃所有的沉思与提问只做一个凡者，而内在的意志却那么阳刚，举起思的劈刀斩退所有软弱的依附，把自己还给大荒。

也许，只是因为疲惫了，我竟然同意他："是！"

水，流出卷终之页，还给大海。

水经注

——诀朋

　　我想,是结束的时候了。水若已枯,留着一条干燥的河床做什么呢?一个人用她一生的眼泪与血水也代替不了河流的奔咽,那么去把河床铲平吧!让它变成一条路,路是无尽的方向。

　　我把你写给我的每一封信都绑妥,每一张字条都贴好,至于那些美丽的合照,啊!让我做个偷懒的人吧,这些都让你来处理。叔本华的《意志与表象的世界》、罗曼·罗兰的《约翰·克利斯朵夫》……好重的书,每本扉页有你的签名,有我的眉批。黑塞写《知识与爱情》,我们便认为知识可以滋润爱情,遂一起朗诵过英诗并旁听了苏辛词……而最终,浮士德不也说了嘛,"有两个灵魂蕴藏在我心中",对你我而言,那便是知识对爱情的叹气、爱情反咬知识一口。还好,我就要将这些书归还你的书架,可以不再理会任何辩论与挣扎。爱与生苦恼吗?是的,但不是无期徒刑。(啊!你一定又要责怪我的骄傲!)

你终于来了,两年的乖离之后你站在我的面前,还是那一副佶屈聱牙的骄傲,不言不语。我在心里浅笑,何必倔强呢!我难道看不出你已然心软!我真想对你莞尔一笑,像以前我们的争执冰释之时我的忍俊不住。然而,这一次,我的理性原则控制了感情,那一股不容忽略的生之尊严主掌我,苦过、泪尽之后,我不能想象拥抱,人的一生只能浪漫一次,最初也是最后,哪怕是对同一个人,黄金时代只允许一次,破镜不能重圆。

那就把各自的碎片还给各人,"情"还是有的,就是回不了头。我想你也知道,我不可能在往后的人生中发现像你一样热烈阳刚的知己;(啊!你那原始生命力的美!)而你也不可能在人群中找到另一个我,你当不难畅饮泉涌之酒,而我知道,你会依然眷恋着我为你服侍过的滴水之恩。啊!夸父逐日只能一次,我们在少年的野旷中完成自戕与戕人的爱,我们歃血为盟,我们伤痕累累,我们的祭典完成了,应该绝版。

再见!把项链与贝壳还给你——婚约的信誓与海洋的象征。

再见！所有的错误乃为了雕琢生的精粹，我们都无罪。

你看！这样我们又回到自己的第一页，可以自由地赞叹自己的季节、蝉嘶、风香、草色及周遭的友谊……爱是一门艺术，需要天赋也需要学习，从你那里，我得到严格的训练；从我这儿，你亦应理解相待的奥秘，虽然这样的果实无法让最初的友伴分享，但一想到它将落实于另一个各自选择的友人身上，这些都不是白费。

我们是可以安心地在往后的日子里行吟了，因为属于我们的这一辈子已尽，夙愿已偿。

感激你终于来履约，来与我共同铲平干枯的河床，让它不再是悲哀的凹墓，它是生的喜路。请你先走吧！

再见！路是无尽的方向，让我们在心里自誓，不要回顾。

再见！绝版的水的经典，你要字字句句遗忘，生命是无限的惊喜，我用微笑与泪光送你。

（哦！你等一等，我是不是可以问你，下辈子可不可以再道途相遇？）

疑心病者

疑心病者，大多偏瘦，要不就超胖。

适度的怀疑乃源于自我护卫的天性，当然不必大费唇舌。人的怀疑习性，大可追溯到蛮荒时期，那时的生存环境处处埋伏陷阱，突然蹿出的凶兽与不听人力指挥的自然，足够使人们在繁殖下一代时顺便把已开发的怀疑精神遗传下去。虽然，不断抗争的结果，人们熟谙各种捕兽技巧与驯服自然的手腕，照说可以高枕无忧了。不过，依我的推算，人类最要命的是精神层次被开发出来之后，其能力永不消失，相对于肉体部分过久废弃之后的永不复原。

基本上，我认为现代社会的地理环境助长怀疑坐大，那么多的十字路口，幽暗而狭隘的巷道，局促的公寓设计，以及那么重视隐私的办公室隔间。与以前不同的是，现代的怀疑精神充分发挥在人们最亲近的人身上，因为，不怀好意的人比十头野兽五次山崩两次水灾一次酷雪还可怕。我之所以不厌其烦地陈述这些，乃为了原谅疑心病者，这个社会加诸他们身上的灾厄比他们带给我的困扰还多得多。

我的朋友甲，她一直怀疑我提着礼物进她家时顺便把台北市所有的细菌带进来了。还好她的经济能力不允许在门口鞋柜处装设高科技检验器材，要不，我恐怕得在进门之前，先通过辐射污染检查。所以，我现在已经适应购买有正字标记的礼物送给她，换上纸拖鞋后，坐在那一张客用沙发，饮用纸杯装的乌龙茶，轻轻地用纸巾抿嘴，以免动作太大将身上的细菌抖在她的洁净的地板上。她的家有四十多年，而我多次做客活动范围均不超过一坪，也不超过一小时。

如我所说的，她是个瘦竹竿，基于过度警敏，连带地对食物也不怎么信任。虽然，鼓励她看个医生治头痛与心脏不正常律动，她的表情如同被判极刑，医院是所有病菌的集中营，那种鬼地方会要人命的！我的狡辩精神使我不自量力地盘问她："好吧！就算是鬼地方，你怎会预先知道鬼恰恰好抓了你呢？"她非常绝望地望着我，仿佛唯一信任她的贞洁的朋友也怀疑她，声音也就颤

相忘于江湖 —— 261

抖起来:"你怎么知道鬼不是恰恰好抓了我呢?"

我耸耸肩,惯用某种不得体的俏皮话化解彼此的危机:"也许,鬼不敢抓你,太麻烦了嘛,他得在掐你的脖子之前剪指甲、洗澡,还要治好他的口臭!"

我的另一位朋友乙君,他的疑心病总在办公室进行。如果说,甲女士的病是怀疑所有看得见的器物都藏纳隐形杀手,那么乙先生的病正好相反,他怀疑所有看不见的人正在进行一项嗅得到的、暗杀他的阳谋。

所以,他必须先下手为强,在敌人的阳谋得逞之前先用阴谋杀菌。

我之能够与他保持友好关系,据我反思,乃因为毕业之后彼此所掘取的社会资源与动用的人脉均不相涉,是个无利益冲突的人,因此能够向我透露他的工作环境是如何地像杀戮战场,而他又如何巧妙运用《孙子兵法》、太公《六韬》之术擒贼擒王。我真是慨叹,同是一门兵法,他学得龙腾虎跃,而我学得一脑天真,连敌人的脚印也没看到。有一回,我大胆请教:"同学,你把每个同事都说得那么险恶,不怕造成冤狱,会遭到报应的!""你醒醒吧,现在的社会就这样,你不踩别人的肩头往上爬,别人早晚踩你的头颅往上升,谁怕谁啊!""可是,树敌太多,对你有什么好处?""可见你兵法没念懂,形兵之极,至于无形。兵无常势,水无常形,我没有敌人,他们根本不认为我是敌人。""而你根本认为他们是敌人!"

我想乙君已无药可救了,也就不太想去救他。诚如我说的,他愈来愈胖,为了不断与同事进行私密谈话,挖掘小道消息顺便埋伏间谍,他咖啡喝多了,啤酒灌胀了,饭局吃撑了,焉能不胖?我猜他进医院开刀溃疡的日子不远了。如果孙子兵法没提到,我想本人不自量力写个"始败十四":"敌人者,人恒敌之。是以,兵无常胜,月无全圆。胜之日,败之始也。"

放下消毒水与磨刀吧,疑心病者。

女作家的爱情观

据说爱因斯坦生前非常痛恨签名，尤其是应慕名者要求的签名，他认为索取别人的签名证明了人类尚保留野蛮时代扛猎物回家的行为，既然不能把人当战利品，取他的签名也等于取其首级了。所以，爱因斯坦这么说："我的名字是我写过的字当中最没学问却最有人要的！"（这句话是我替他说的！）

不知从何时起，台湾的编辑界流行附上作者签名、照片以壮文势，到底因为对文章没信心必须附图美容呢，还是印上照片有利版面活泼，增进阅读脾胃？我没有深入研究。不过，风起云涌，几乎所有的刊物（包括校园刊物）都做出同等要求，苦了我们这些"羞于见人"的作家倒是实情。至少,像我这种其貌不扬的人被要求寄上童照、学生照、生活照以便编辑挑选时,也只能自我解嘲接着说:"那,要不要寄 X 光照,顺便帮我做全身健康检查?"

如果有人有兴趣从人类学的角度看近十年来的编辑策略、版面设计,大概可以写一本类似"丰年祭"或"出草典礼及其武器研究"的报告书。则本人不难在众多"首级"中发现自己的"死相",并庆幸还有人死得比我难看!

这些还不算严重,签名、照片乃身外之物,犹似毛发、指甲去之无伤,就算对方有厉害的巫术,也动不了本命。要命的是,这种猎物心态不知从何时起贪得无厌,这回不仅要照片,还要你的八字!

有家专门编给女人看的杂志社打电话问我的八字,说要搞个专题请道行高深的命相家替"女作家"批八字,与读者分享。我在焦头烂额的工作中如遭晴天霹雳,舌头打结了:"可可可是我八字还没一撇……""别紧张啦,我们会从各个角度探讨,家庭啦、婚姻、事业、财富、健康,来看你的先天后天,很有趣的!"我神魂稍定了,反问她:"万一算的结果,我是克夫兼破财,害我嫁不出去,你们付我赡养费吗?"挡了问八字的,没隔多久,另一家杂志来问星座与血型,对方纠缠不清,结论不得不干净利落:"我不喜欢这种综艺节目式的专题,女性杂志居然把女人当玩物,我没兴趣！"

自从女作家的书在坊间颇为畅销之后，仿佛只要冠上"女作家"三个字便能保证销路，一时如饿虎出笼，编的人垂涎三尺，读的人津津有味，又苦了像我这种"不识大体"的女作家。三天两头总会接到文情并茂的邀稿函，格式不出："为了改善社会风气，传递生命经验……"所以计划编辑一本《女作家的爱情观》或《给初恋情人的一封信》《我的第一次》《我的婚姻观》《我理想中的伴侣》《最刻骨铭心的一次恋爱》《失恋的时候》《枕边小语》……这些琳琅满目的编辑策略，我统称为"卧室文学"，再搞下去，总有一天女作家们会被要求去写：《我的床》《棉被花色与性心理》《我对枕头的要求》……

爱情不是不能谈，但变成流行课题又把女作家当成饵时，其背后隐含了这个社会仍然弥漫传统的"猎物欲"，使撰写的女作家与大多数的女性读者在这种传统下被蹂躏。而耐人寻味，执行任务的人大多是女性编辑者。

如果爱因斯坦是个女性，当他接到这些邀请函，也许他会挤出一点点幽默说："取首级的刚走，剥衣服的又来了！"

心动就是美

　　我想，美大概是指某种运动状态之中激迸出来的特殊心情吧。客观实体的存在诚属必然，但有时它以隐微、暗示的方式出现。最重要的是我们的主体运作，将自己的生命全然投入运动场内，遂能因目睹画卷而神游山河，因歌声而遥想昔日缱绻。客体仍是客体，不会消长盈缺，美的是运动之后的自己。

　　同样的，箪食瓢饮不美，美的是居陋巷不改其乐的人；竹篱短篱不美，美的是采菊东篱下的人。在我们夜眠不过数尺、日食不过三顿的现实生活中，日渐繁复精致的物质有时可以引起一声惊呼，但总是瞬间即灭。对设计者而言，可能透过创造的过程掌握到美；对销售者而言，可能经由贩卖过程因拥有再运用的资金而油然心喜；可是，对拥有它的消费者而言，透过交易行为而得到的物品能在我们的生活中引发多长的惊呼、激出多重的美丽，就很值得玩味了。

因此，一方面我们必须体认置身于现代消费社会，有些游戏规则非我们能推翻；另一方面则必须觉悟，要使生命酣畅美丽，首先得跳脱这个游戏范围，把心释放出来才有可能。

我们回不去那个古老时代，浸糯米、推石磨、蒸粿、染朱砂、揉粿团、包豆沙馅、用粿模印出红龟粿，在祭祀诸神、祖宗之后慢慢咀嚼粿香，觉得天上众神与祖宗的灵魂与我如此亲近，甚至同吃一块红龟粿。那种经由劳动创造出来与天地万有贴近的美，绝不是花一百元到市场买几个粿所能享有的。

因此，当我们惊觉已失去过多，试图借着搜集乡下老瓮、绍兴酒坛、石凿猪槽、木制粿印、粗坯陶碗……希望引发一点魂牵梦系的温暖之余，也应该从眼前生活出发，建立自己的法则，一种使布衣与名牌同等美丽的生活美学。

图书在版编目（CIP）数据

唯有相爱可抵岁月漫长 / 简媜著. -- 北京：中国友谊出版公司, 2020.5

ISBN 978-7-5057-4902-3

Ⅰ.①唯… Ⅱ.①简… Ⅲ.①散文集—中国—当代 Ⅳ.①I267

中国版本图书馆CIP数据核字（2020）第075741号

本著作物经北京时代墨客文化传媒有限公司代理，由作者简媜授权在中国大陆独家出版、发行中文简体字版。

书名	唯有相爱可抵岁月漫长
作者	简媜
出版	中国友谊出版公司
发行	中国友谊出版公司
经销	新华书店
印刷	天津旭丰源印刷有限公司
规格	880×1230毫米　32开 9印张　170千字
版次	2020年6月第1版
印次	2020年6月第1次印刷
书号	ISBN 978-7-5057-4902-3
定价	46.80元
地址	北京市朝阳区西坝河南里17号楼
邮编	100028
电话	（010）64678009

如发现图书质量问题，可联系调换。质量投诉电话：010-82069336